お酒で読み解く現代中国文化史

酒香中的现当代中国

[日] 藤井省三 著
林敏洁 陈道竞 译

新星出版社　NEW STAR PRESS

"有邻"丛书
发现不同视角下的中国

中国主题图书出版联盟策划出版。2018年,联盟由新星出版社策划并联合岩波书店、日本大学出版部协会共同发起,旨在集合中日出版界中坚力量,打造联合、开放、包容的出版平台,鼓励以多种方式策划出版中国主题图书,并在中日两国出版发行。

中国·新星出版社

日本·岩波书店

日本·大学出版部协会

日本·东方书店

序言

我的首次赴华留学是在1979年。虽说那时距离中日邦交正常化已有七年，但由于"文化大革命"（1966—1976），两国的交流如滚芥投针，到1978年时才签订了《中日和平友好条约》。这一年也是中国改革开放元年。次年，中日政府间的交换留学生制度正式发足，我作为第一批留学生，在北京和上海生活了一段时间。此后四十年来，短期和长期的旅程加总起来，本人赴华语圈学习现代文学和电影的次数已逾百回。

1976年毛泽东逝世后，"文革"也随之落下帷幕，中国从毛泽东时代走进邓小平时代。改革开放四十多年来，中国的国内生产总值（GDP）激增46倍，从1980年的约3000亿美元一跃增至2018年的14兆美元，其间中国人的生活也发生了翻天覆地的变化。反观同时期的日本，GDP从1兆1000亿美元增长至5兆2000亿美元，仅仅翻了5倍。就人均GDP而言，2017年的统计数据显示，日本约为3.8万美元，中国约为8600美元,两者之间的差距也正在快速缩小。

再看近期的中国小说和电影,刻画过去至今十几年光阴流逝的作品,或是从现代回溯至数十年前的作品都很引人瞩目。譬如2016年基于庆山(曾用名:安妮宝贝,1974—)的短篇小说改编的电影《七月与安生》便是其中的杰作,影片描绘的是两个在初中校园成为好友的女生与一名男生的三角关系。华语圈影评家井上俊彦在北京观看该片后陈述如下:

《七月与安生》描写的是两位女性之间,从少女到27岁的密切交流,友情、嫉妒、背叛、谅解等女性复杂的心理交织在一起,令银幕前的女性观众纷纷落泪。

20世纪90年代后半期,家庭环境和个性截然不同的两个女孩在江苏省镇江市的中学相遇。两人意气相投成为好友,从此形影不离。这样的关系在林七月(马思纯饰)考入当地最好的高中,李安生(周冬雨饰)进入职业高中后依然延续着。当七月喜欢上同校同级的苏家明(李程彬饰)之后,两人天真烂漫的友谊蒙上了微妙的阴影,跌宕的十年就此展开……

两个少女都热爱着对方与自己全然不同的个性,像家人般相互关怀,时而又会心生嫉妒,甚至意图抢走对方拥有的东西。（http://www.peoplechina.com.cn/home/second/2016-09/19/ content_728076.htm，2018年6月28日检索）

井上表示，"不仅拍摄地镇江风景宜人，20世纪前半叶北京的时代感也被很好地展现了出来。就连房间里放置的小物件，都严谨地做过时代考证"。由此可见，电影《七月与安生》既演绎出少女们成长过程中的内心世界，又巧妙地描写出变化中的中国社会的面貌，因而引起了诸多中国观众的共鸣。

此外，井上就电影中的"视角"问题指出，"不过，由于双主角的关系，影片中既有安生对过往的回顾，也有第三方镜头展现的内容，还有七月视角下发生的故事。有些地方确实会因为不知该以谁的视角来观看而稍感困惑"。这一现象在文学批评的范畴中可以概括为一种复调——多文体、多叙述者同时存在。中国观众观影时，当在两位女性与镜头的三个视角之外，再加上自己的视角，以此来回首十几年来中国人和中国社会的激荡变化。

跟《七月与安生》具有相同倾向的著名电影作品还有《致我们终将逝去的青春》和《暴雪将至》等。小说则可以列举出将在地方篇"小引"中介绍的阎连科（1958— ）所著《炸裂志》等。这或许就是如今的中国人借此在百感交集之中凝神回望改革开放四十年来所发生的巨变吧。

于是我想，通过回顾我在中国大陆、香港、台湾地区以及新加坡和欧美时的体验，是否也能以我自己的视角，描摹出中国改革开放的四十年史？尤其是"公宴"和"私宴"这样的饮酒场合，让华语圈各地的文化特征及文化人的个性如一幅幅难以忘怀的风景画一般，在我脑中重新鲜活起来。我将这些景致分成了五个篇章，分别是与中国大陆相关的北京篇、上海篇、地方篇以及香港·台湾篇，有关韩国、新加坡、欧美唐人街的世界篇。

希望不管是爱酒之人还是不喝酒的朋友，都能通过本书的酒后戏言寻得些许对华语圈现代文化的兴味。四十年文化史的"酒宴"就此开席，干杯！

目 录

北京篇

小引 3

一、北京啤酒用碗喝,香港电影北京看 5

二、北京的二锅头 15

三、守住中国的白酒文化! 24

四、俯瞰故宫,品北京红酒 33

五、从市场经济到反腐运动,中国式宴席的发展 ... 43

六、校园"居酒屋"与小说《私宴》 52

上海篇

小引 65

一、啤酒之都——上海 69

二、1979年上海啤酒的下酒菜 79

三、上海的百乐门传说....................88

四、乌鲁木齐路的文化探险....................97

五、淮海中路的文化探险....................107

地方篇

小引....................119

一、鲁迅怎么喝绍兴酒....................123

二、鲁迅与绍兴酒....................132

三、中国式宴会的极致——莫言的《酒国》....................142

四、莫言故乡的名酒与小说《白狗秋千架》....................151

香港·台湾篇

小引....................163

一、香港湾仔的苏丝黄酒吧和新界的大荣华酒楼....................166

二、香港酒吧街兰桂坊的故事....................176

三、东京的香港老饕诗人....................185

四、台北酒吧盛行的缘由....................196

五、台湾文学中的清酒....................205

世界篇

小引 217

一、纽约唐人街的绍兴酒 223

二、布拉格地下酒吧的中国诗 231

三、新加坡的最佳啤酒 241

四、在首尔新兴中国城喝东北白酒 250

后记 259

北京篇

小引

作家中岛京子的小说中，有直木奖获奖作品《小小的家》以及堪称日本版现代《聊斋志异》的《鬼》等作品，多数都是令人饶有兴味又最终黯然神伤的东京故事。而中岛的短篇集《慢慢走》(文艺春秋，2012)则描绘的是日本女性在北京、上海及台湾如梦般回溯时间之际展开的恋爱与冒险故事。

该书收录的《北京春天的白色服饰》讲述了20世纪90年代末一位三十多岁的职业女性从东京出版社调至北京时尚杂志编辑部期间的故事。她对"慢慢来"一词所代表的毛泽东时代的体制感到震惊的同时，又逐渐爱上北京这座城市。主人公山下夏美对北京的未来还做出了如下预测。

> 当春天的服饰溢满北京之时，北京的女孩就全都漂亮了起来。女孩们变漂亮了，就会不断地改变中国。因为没有什么能比变美的女性更加坚强有力。不是吗？(80页)

像是与此呼应似的,主人公回到日本后,中国同事给她寄来了这样一封信。

> 北京各处每天都在施工,建设。/到十月"建国"五十周年的时候,会有更高的大厦落成,北京将会焕然一新。/要是再过个十年,变化就更大了,到时山下小姐所知的北京或许就不复存在了。(84页)

"北京的女孩"确实"全都漂亮了起来",现在的北京也不再是我们过去所知的那个北京了。而北京名酒——56度的蒸馏白酒二锅头,20世纪90年代二两瓶装的"小二"售价为2元,如今已经涨到5.5元。近三十年来,白酒不断式微,红酒和啤酒变得更受女性和年轻人青睐。虽说"私宴"文化在学生中间也流行起来,红火了校园酒馆的生意,但"公宴"文化却在2014年的反腐运动后一度濒危。

学着山下小姐的那句"女孩们变漂亮了,就会不断地改变中国",或许我也能说上一句:"酒变得美味了,就会不断地改变中国。"本篇在描述私宴、公宴、独酌之风景变化的同时,还将谈谈20世纪70年代至今北京及中国文学与电影的变迁。

一、北京啤酒用碗喝，香港电影北京看

北京的交通拥堵与国产电影的衰颓

2002年的夏天，我因事需在北京大学停留数日。某天的上午刚好有空闲，我便毫不犹豫地决定去市中心看场电影。

北京大学在市中心天安门广场的西北方向，两地直线距离12千米，实际路程17千米，放在东京的话不过是从荻洼到丸之内，但那时前往首都市中心却很是不便。北京虽下大力建设高速路，但由于汽车数量的剧增，市内出现慢性交通拥堵。而且，在这样一个大都市里，当时的地铁只有两条线路，总长54千米。截至2017年12月，北京共有22条地铁线，总延伸距离为608千米，坐拥世界排名第二的地铁网络。但这一地铁网的建设，要到2008年北京奥运会前后才走上正轨。

但当时是2002年，从北京大学前往市中心，坐出租需一个小时，车费60元；乘公交中途需换乘一次，时间将近两个小时，车费3元左右。这两种交通方式折中一下，可以选择带空调的高速巴士，车程一个半小时，票价为5元。相较之下，从东京站到荻洼站，乘JR中央线需25分钟，地铁丸之内线的耗时是33分钟。

而且在当时，就算在北京，想看中国电影也不是件容易的事情。虽说在中国电影盛况空前的今天很难想象，但那时中国的电影行业属于主要的夕阳产业之一。北京的报纸之中，刊登电影广告的大概只有《北京日报》，还只能憋屈地缩在版面的中缝里。从前一天的中缝广告来看，北京约二十家电影院里三十面左右的大银幕上共有八部电影正在上映，但中国内地和香港电影都只有一至两部，其他是清一色的好莱坞电影。2001年中国加入WTO之后，国产电影总被美国电影压过一头。

于是，这天早晨，为了前往距大学较近的西四北大街电影院，我8点从宿舍出发，公交换乘地铁，花了大约一小时才抵达故宫西侧的阜成门内。先去最近的电影院——地质礼堂，确认了第二场电影从10点40分开始放映。以前，一部电影在北京影院上映的档期是一周，票房不佳的电影两三天就会被下映换成其他影片，报纸广告上也只登载今明上映的影片名和时间。

几天后的下午，我又得了空闲，便计划去西长安街上的首都电影院看田壮壮导演的《小城之春》，结果售票员冷冷地说了句："没有，昨天就结束了。"好不容易到了电影院，那就看看其他电影吧。扫了一眼屏幕上的影片一览，发现上面只写着电影的中文片名。可能因为仅上映两三天的缘故，影院连电影海报都懒得贴，而且中国也没有派发电影宣传单的习惯，哪位导演、什么演员、哪国电影全摸不着头脑，只能跟一张冷脸的售票员逐一确认是国产还是美国电影。

说到《小城之春》，这是一部以抗日战争刚结束时的小城为舞台，将体弱的年轻地主与其妻子以及一位医生之间的三角关系娓娓道来的作品，这位医生既是地主学生时代的朋友也是他妻子的初恋情人。电影是相隔半个多世纪后对费穆导演在1948年中华人民共和国成立前发布的大作进行的翻拍。《小城之春》还于2002年斩获了意大利威尼斯国际电影节新设的圣马可奖。

用碗喝啤酒

接着，我又去了同在西四北大街北侧的胜利电影院，这里的电影是10点开场，比地质礼堂的早一些，而且票价还便宜5元，只要25元。虽说5元不过75日元左右，不算什么大钱，但想到金额已经跟从北京大学来这儿的交通费不相上下，便可知这数额也不能小觑。就电影票价而言，香港是60港币（1港币约15日元），到东京则翻了一倍，要1800日元。由此看来，当时在北京看香港电影是最划算的。

买上电影票之后，我进了附近一家老字号点心店，店铺位于西四北大街和阜成门内大街十字路口的西南角上。点了一两肉包（三个2.6元）和一两菜包（三个1.8元）。电影票省下5元，我一高兴就要了一瓶当地的燕京啤酒代替茶水（店里也确实没供应热茶和凉水）。啤酒名源自北京的古称，一大瓶3元。不过，这家店里不提供玻璃杯，只有盛粥的碗。

真不愧是老字号！我端起碗来，心情别提多舒畅了。中日邦交正常化后，我作为第一批政府交换留学生来华的时间是1979年。当时，中国除了高级干部和外国人专用的酒店以外，没有出售冰镇啤酒的地方。我会把啤酒浸在装了自来水的脸盆里，泡上二三十分钟再喝。这种不冰的啤酒，夏天傍晚骑自行车回来，一大瓶咕嘟咕嘟，一会儿就见底。一个夏天下来，喝温吞啤酒成了习惯，日本冰冰凉的啤酒反倒至今都喝不顺口。虽然还不到日本单口相声"目黑秋刀鱼"[①]的

[①]日本的一个单口相声（落语）滑稽故事。被认为不上档次的秋刀鱼，用民间的方式随意烹饪就可以做出美味，用心细细烹调反倒不好吃。——译者注

程度，却也是非在中国不能喝啤酒了。近20年里，空调和大型冰柜都在中国的餐馆得到普及，到哪儿都能喝上冰啤酒。但服务员在点单的时候还是会跟顾客确认"要冰的还是常温"，印象中，点常温的客人更多。

不过，1979年的时候，由于酒瓶数量不足，就算是这种温吞吞的啤酒，即便在上海的餐厅里也要用外币点单才行；去一般商店的话，不带空瓶店家是不肯卖的。究竟是先有瓶还是先有酒的笑话，就像"鸡和蛋的争论"，一时在留学生之间很是流行。

所以，当时中国食堂卖的不是瓶装啤酒而是称重零售的散装啤酒。先用长勺从大桶中舀出茶色的液体，再倒入大碗端出来。单手抓碗一饮而尽的场面，颇有一番吾辈亦是绿林豪杰之气。

但这种散装啤酒存在两个问题。其一，酒里的汽大部分都跑掉了。其二，没法在脸盆里泡凉。于是，聪明的中国人想出了把冰淇淋浸在啤酒里同饮的方法。跑掉的汽虽是覆水难收，放了冰淇淋好歹能起到冷却的作用。要说味道，有些类似口味偏苦的雪顶饮料，可能适合拿来当餐前酒。

话说我还是高中生的时候，有一次被请去参加澳大利亚人开的派对。在我羡慕地看着成年人们畅饮啤酒和红酒之时，

为期一年的留学即将结束时,复旦大学中文系的朋友们在宿舍为我举办送别会。右起第三人为笔者(1980年7月,于上海)

一位中年绅士为我点了杯兑苏打水的啤酒,说是这种饮料或许更适合我。他告诉我:"这是为酒量差的女性准备的饮料,毕竟不能劝未成年人喝啤酒嘛。"言语中有些把我当作大人看待的意思。

在如今高楼林立的北京,盛在碗里的雪顶啤酒想是见不到了,但把啤酒倒在饭碗里喝却是极好又极怀旧的,着实令人怀念。

说回这家点心店,虽是家老字号,却是个坐上十人左右就客满的小店,柜台只设在阜成门内大街一侧的墙边。我先是读了读在电影院买的对开版周刊《中国电影报》(1元),上面介绍的中国电影多是在电视上放映的,对此时院线上映的中文电影只字未提。看了没多久,我就把报纸扔到一旁,一面隔着玻璃望向眼前大道上慢腾腾往来的车辆和步履匆匆的市民,一面大口吃起肉包,用碗咕嘟咕嘟喝起啤酒来。

在北京看香港版《谈谈情跳跳舞》

虽然中国电影寥落到如此境地，但大早上就能看电影、喝啤酒，对我来说岂非美好的"北京假日"？想到这里，我重新打起精神，观看了香港电影《爱君如梦》。

香港的拉丁舞老师刘南生（刘德华饰）开了一家小小的舞蹈教室，有两个新生前来上课。一位是女企业家 Tina（梅艳芳饰），她在最近刚从美国留学归来的弟弟接手经营酒店之前，一直无心恋爱和发展个人兴趣，只顾埋头打理事业，在宴会上见过刘的舞蹈之后，决心入门跳舞。每次她都会在秘书的陪同下，包下整间教室一对一上课，她的弟弟在她不知情的情况下还刷卡支付了高额的特别费用。另一位是名叫阿金（吴君如饰）的服务员，被她拉扯大的两个妹妹，如今已经开始嫌弃她的烟臭味。阿金在上班的酒店看了舞蹈秀之后，也跟 Tina 一样迷上了跳舞，于是怯生生地来到刘的舞蹈工作室。由于她的零用钱不多，就包下了舞蹈教室的清扫工作，普通舞蹈课程的费用可以减免一半……

原来，这是周防正行导演的日本电影《谈谈情跳跳舞》（1996）的香港拉丁舞版本呀。不过，刘德华、梅艳芳和吴君如的舞蹈着实了得。那么，梦想有朝一日开一家大型舞蹈工作室的舞者，跟寂寞的女企业家以及天性开朗的中年服务员之间的三角恋是如何展开的呢？看电影时，我边笑边怀揣这样的疑问，接着往下看。

在即将跟刘南生于宴会上大展舞姿之际，Tina把刘的旧舞鞋扔掉，送了他一双新舞鞋。临演前刘南生才发现此事，非常生气。而打扫卫生时在垃圾桶中看到旧舞鞋的阿金，拿起舞鞋赶忙跑去了高级酒店的宴会会场。宴会结束后，刘抛下Tina不顾，带着阿金来到面朝维多利亚港的公园，在香港百万夜景的包围之下，坐在长椅上一同喝起了罐装啤酒。对于爱刘南生如梦的阿金来说，这是最为幸福的时刻。

此时两人喝的是什么啤酒，我已经记不清了。刚才还一个人看着北京拥堵的交通，就着饭碗而非酒杯喝啤酒享受"北京假日"的我，禁不住羡慕不已。罢了罢了，我一面安慰自己当晚还要跟北京大学的朋友一起喝当地美酒呢，一面坐着有轨电车转公交车往回赶，竟然耗费了两个小时。在经济快速发展的北京，高楼大厦和巨型商场陆续落成，却出现了公共交通日益恶化、国产电影逐渐淡出舞台的吊诡现象。

大概从2002年开始，中国电影迎来了以《英雄》（导演：张艺谋，1950— ）和《站台》（2000），导演：贾樟柯，1970— ）为代表的"大片+底层"的时代，在娱乐性、艺术性和社会性上打了个漂亮的翻身仗。隶属中国艺术研究院马克思主义文艺理论研究所的李云雷，在 2008 年就此一气呵成地做出如下评论。

> 从 2002 年《英雄》以来，中国电影可以说进入了一个"大片"时代，以《英雄》、《十面埋伏》、《满城尽带黄金甲》、《无极》等为代表，中国式的大片呈现出愈演愈烈之势，在根本上来说，这些大片是反市场、反艺术的，因为它以垄断性的宣传和档期取代了市场的自由竞争，以华丽的外表和大而无当的主题、支离破碎的故事取代了对现实的关切与艺术上的探索……但同时，伴随着"新纪录运动"的展开以及第六代导演的转型，中国电影中也出现了一些反映现实生活和民生疾苦的影片……这些影片在对"底层"的关注中，发展出了独特的艺术形式，代表着中国电影突破"大片"的垄断，关注现实并进行艺术探索的新希望。(《中国电影："大片时代"的底层叙事》，《艺术评论》，2008 年 3 月号)

此外，在《人民中国》杂志的网页上连载的《在北京看最新电影》专栏中，中国电影影评家井上俊彦每次都会先放上这样一句话："中国电影如今正处于顺风顺水之际。2008

年时仅43亿元人民币的票房收入,2010年时迅速增长到101亿。上映的影片数目增多,其内容也显现出更为多彩的趋势。"我在北京喝啤酒、看香港电影的2002年夏天,正处于中国电影界的低谷时期,却也是优哉游哉享受生活的时期。此后的中国,国产电影复苏,地铁线铺展四方,2008年金融危机之后,作为经济振兴的一环,被称作"高铁"的新干线爆发性地延伸开去,中国从此大步迈入忙碌时代。

二、北京的二锅头

北京大学的北京文化研讨会

2003年10月,国际研讨会"北京:都市想象与文化记忆"在北京大学召开。大会旨在以文化史、社会史视角,探讨清末至今北京的百年现代化历程。举办人为北京大学中文系的陈平原教授和当时在美国哥伦比亚大学东亚语言文化系任教的王德威教授,研讨会也由两所大学共同主办。

到会的报告人与圆桌会议发言者共四十位,分别来自中国大陆和台湾、欧美以及日本等地。从堪称读书人社交俱乐部的诗社到京剧、新剧、评书等大众文化,从鲁迅、沈从文、老舍、张恨水、凌淑华到当代北京作家,大会探讨了其对北京都市想象所产生的影响。北京在对抗由来已久的传统之际,同时将传统作为都市想象的资源加以活用,逐渐完成了现代都市的华丽转身,且这种变化直至今日仍在继续。围绕万花筒般的北京百年文化变迁，身为"北京迷"的汉学家们展开了热烈讨论。

我也对芥川龙之介（1892—1927）取材于1921年北京旅行的小说《湖南的扇》和佐藤春夫（1892—1964）基于1920年的台湾旅行写成的小说《女诫扇绮谭》展开了比较研究，并就此形成报告《芥川龙之介的北京体验——短篇小说〈湖南的扇〉和佐藤春夫〈女诫扇绮谭〉》，收入陈平原、王德威编《北京：都市想像与文化记忆》（北京大学出版社，2005年）。

在研讨会会场听取的各种报告以及参与的讨论都引发了我无限的学术好奇，与此同时，在北京大学勺园七号楼宾馆度过的会后时光也是趣味无穷。四天的会期采取的是类似寄宿集训的形式，其间我与老友重温了往事，跟新认识的研究人员交换名片，交流了最新的研究现状。

结束了一天日程满满的会议之后，十人一桌围坐着，津津有味地品尝中国美食，推杯换盏，晚餐成了特别愉快的社交时间。大会最后一晚，因为研讨会圆满落幕而满面喜色的王德威致辞说："感谢各位的协助，今晚平原和我要在KTV表演二重唱。"此话博得了满场喝彩。正当大家满心期待，心想那不会喝酒的陈平原居然要挑战KTV首秀之际，致辞的平原凭能言善辩，不知不觉间竟蒙混过关了。

话说回来，中国人在酒席上一般不会中途换酒。多数中国人都坚信，像日本人这样不管三七二十一先用啤酒干个杯，接着喝起清酒、葡萄酒等，最后以兑热水的烧酒和兑水威士忌收尾是要大醉一场的。所以，头两天我们桌上喝的主要都是红葡萄酒。20世纪90年代时，中国的葡萄酒产业发展迅猛，山东半岛和新疆等地都出产个性鲜明的国产葡萄酒，像海德堡大学的鲁道夫·瓦格纳教授和凯瑟琳教授这样的欧美"外宾"，都激赏葡萄酒色香味俱佳。

但我心中总有一个疑问挥之不去——既然是"北京：都市想象与文化记忆"的研讨会，为什么不喝北京的本地酒呢？

电影《蓝风筝》中的北京本地酒

田壮壮导演的著名电影《蓝风筝》(1993)以北京陈家的二女儿陈树娟及其独子为主人公，以她先后死别的三个丈夫、陈家人和他们的近邻为配角，讲述了20世纪50年代到"文化大革命"爆发期间的故事。

故事开篇的时间是中华人民共和国成立后的第四年，地点设在四合院这一中国的传统住宅之中。1953年，一对年轻男女向四合院的房东租了一间房，心中满怀期待，欢天喜地地为他们的新婚生活做着准备。这时收音机里传来临时插播的新闻，报道了苏联最高领导人斯大林逝世的消息，为此他们的婚期推迟了十天。陈树娟的第一次婚姻，就在社会主义国家之父离世这一不祥事件的笼罩下开始了。没多久，她的丈夫在反右派斗争（1957）的整风运动中被送入强制收容所，在那里意外身亡。停电那晚，去邻家玩耍的幼子被邻居哥哥送回家时，母亲正在烛光下对着死亡通知书泪流满面。

陈树娟亡夫的朋友后来尽心地帮助这对母子，逐渐与树娟心意相通。于是女主角与他再婚，儿子也与这位继父很是亲近。但没多久，儿子的第二位父亲就病死了。国家政策失误造成的大饥荒和严苛的劳动运动，使得这位继父因营养不良和过度劳累而患上肝病。为了儿子的将来，女主人公决定给部长级别的政府高官做续弦，开始了"保姆"般的生活。当时已经读小学高年级的儿子最初很排斥他的第三位父亲，就在两人之间的坚冰即将融化的1966年，"文化大革命"爆发，父亲被红卫兵强制带走，而后去世。《蓝风筝》通过一对母子经历的三次家庭瓦解，道出了一段当代中国史。

陈家的家庭成员，包括女主角、她的姐姐、兄长和弟弟都受过高等教育，若是放在民国时期，属于典型的中产阶级家庭。陈家吃饭经常是一副其乐融融、和美团聚的画面。女主角办婚礼的当天晚上，做了寡妇的陈母请新郎、新娘来家里吃火锅。食材准备的大概是羊肉加白菜。三月的北京平均气温 4.8 度，降水量 8.4 毫米，还是一个天寒物燥的世界。像这样的冬夜，最适宜的就是火锅配白酒。

"我在延安的洞窟里结婚的时候呀——"不知趣地发表起革命讲话的大女儿被母亲打断后，苦笑着为小妹夫妇举杯祝酒。女婿也对着丈母娘端起酒杯，羞着脸叫了声"妈"。要是在日本，这种时候得发表一番"母亲大人，我虽愚钝……"之类的长篇大论，但中文的亲戚称谓发达，女婿叫新婚妻子的母亲一声"妈"，后者再回一声"儿子"，缔结姻亲母子关系的仪式便完成了。

在这喜气洋洋的结婚宴上，大家喝的是北京的本地酒——二锅头。传说二锅头过去是 65 度，由于酒精度数太高，个位十位对调成了 56 度。此酒能用火嘭一声点燃，入口则口感清爽。

二锅头的历史

在日本，提到中国的白酒，比较有名的是茅台、剑南春、五粮液之类的贵州和四川名酒，对于北京产的白酒，知之者甚少。于是，我在中国的网上查找了二锅头的相关历史。

据说二锅头起源于 800 年前的元代，随着蒸馏技术的发展而趋于成熟，清代中期在北京大量生产。二锅头的"头"这一后缀，是表示圆形块状物的名词，因而二锅头即为两口锅子的意思。生产蒸馏酒时需使用两口锅，一口是放入浊酒进行加热的甑锅，另一口是用来冷却蒸发出来的酒气，令其液化成蒸馏酒的天锅。天锅中的冷水若是变热了，就得换上新的冷水，换上第二锅冷水时流出的蒸馏酒品质最好，所以被称作二锅头。

1949 年共产党取得国共内战的胜利，成立中华人民共和国，并于此时收编了北京的十多家白酒作坊，设立北京酿酒总厂。此后，该酒厂开始专营生产源自解放区的红星标二锅头。《蓝风筝》中，陈家结婚宴席上开的就是绿瓶红星，宛如解放军军服一般的二锅头，这表明二锅头才是属于北京的酒。话说回来，当时北京普通民众能买得起的，也只有二锅头。再看女主角在"文革"前带着儿子做了政府高官的继室。她这位坐车有专职司机，住两层新潮洋房的丈夫，晚酌时喝的不是二锅头，而是装在洋气透明玻璃瓶中的高级白酒，可能是四川省的剑南春吧。

北京的大众饮酒市场一直由红星二锅头独占，80 年代改革开放之后，除五粮液之外，国家商标局禁止将酒的酿造方

北京前门大街上的红星源升号博物馆。源升号是北京二锅头的发祥地（2011年）

法作为商标使用。因此,"二锅头"成了一般名词,其他酿酒商纷纷以某某二锅头的品牌名着手生产和销售,市场上开始出现中级品质的二锅头。此时,经过体制改革的北京酿酒总厂也更名为北京红星酿酒集团公司,准备赌上老字号的尊严重振雄风。该公司不仅开发出了中、高级的二锅头酒,还在电视上播放了名为《京城三乐篇》的广告,说的是"北京有三乐,游长城,吃烤鸭,喝二锅头"。这些努力使得红星二锅头当时的年产量达到6万吨,占全国白酒产量的1%。到1998年,红星二锅头约占全国白酒市场份额的5%,占北京市场份额的

85%，呈现出压倒性的品牌优势。

与此同时，90年代后期，山东、湖南等酒业公司向北京市场投入了中级的"孔府家酒"和高级的"酒鬼酒"等新产品，还大举播放电视广告。进行酒研究的花井四郎博士将白酒按其香味成分划分为五个种类：五粮液、剑南春属于浓香型，茅台酒为酱香型，汾酒等在北方出产的多数酒品划归清香型。北京市的中高级白酒市场被其他省份的各种新老品牌席卷，红星等二锅头陷入苦战。二锅头虽然属于清香型的白酒，但口感确实不及高级汾酒。后文介绍的台湾金门"特级高粱酒"连我也能直接入口，但这绿瓶红星，颇有士兵风范的传统二锅头，说实话，不兑上热水是很难入喉的。

红星二锅头的二两瓶装，俗称"小二"

贵州名酒茅台

2002年，一斤瓶装的二锅头售价5元，二两小瓶2元。价格是孔府家酒的十分之一，酒鬼酒和茅台酒的几十分之一。考虑到它低廉的价格，酒味还算是不错的，这或许就是二锅头能博得北京老百姓绝对青睐的原因。不过，二锅头悠久的历史将其属于大众酒的印象深深地烙在了北京市民的脑海之中，之后红星公司做出战略转移，目标是要将高级二锅头打入美国市场。

为北京的酒文化干杯

再说回"北京：都市想象与文化记忆"研讨会的宴席。大会第三天的晚上，我受到北大中文系讲师和助手们的邀请，跟年轻人围坐在一起。他们似乎也对北京的地方酒遭到无视而感到不满，准备弃葡萄酒改喝二锅头。可点单时发现，这家餐厅只卖二两装的小瓶二锅头，可能是因为在高级餐厅里没有顾客喝这种低价酒吧。毕竟不是在小酒吧里喝酒，摆满中国菜的圆桌配上小酒瓶确实稍显寂寥。这时，中文系的一位助手到校园内的超市跑了一趟，幸而买到一大瓶二锅头。当时中国的餐馆原则上是不允许顾客自带酒水的，不过这家餐厅还是酌情应允了我们的做法。

"为北京的酒文化干杯！"我斟上满满一杯二锅头，跟着大家齐声说，接着遵循中国传统，一滴不剩地干了。口感稍欠洗练的二锅头一入喉，其特有的清香便瞬间在脑中漾开。这才是北京老百姓的文化记忆嘛，满桌人尽皆愉快地相视而笑。

三、守住中国的白酒文化!

在图书馆里用勺喝的二锅头

1995年8月到次年3月,我作为访问学者在北京大学待了很长一段时间。当时,我正在调研中国的语文教科书对于鲁迅(1881—1936)的短篇小说《故乡》从1921年发表后到90年代为止的接受情况,主要是对鲁迅文学在中国语文课堂上的接受史进行了调查,包括《故乡》被收录到教科书中时,被标上了怎样的注释,又提出了什么样的问题;教师的指导用书上对文章的解说做出了何种指示;师范大学等的教育科学杂志上刊登了什么样的教育实践报告等。

中国人对鲁迅的解读,在整个20世纪在不断变化,鲁迅的代表作《故乡》也不例外。《故乡》中,叙述者"我"时隔二十年回到故乡,为的是处理已经没落的自家老屋,并且接母亲和侄儿到自己谋食的异地生活;同时也为了永远地与故乡告别。记忆中美丽的故乡，如今成了寂寞之乡，儿时的朋友农民闰土也因贫困变成了木偶人似的。"我"与母亲商量后决定将不必搬走的东西送给闰土，闰土要了可用作沙地肥料的草灰。在我即将离开故乡之际，发现草灰中埋着碗碟，邻居议论是闰土偷埋了碗碟。就这样，"我"躺在驶离故乡的船上仰望天空，道出了"希望是本无所谓有，无所谓无的。这正如地上的路……"这一著名的有关希望的理论，并以此收束全文。

在灰堆里埋碗碟的究竟是谁这个问题，中华民国时期是几乎没有相关讨论的，语文教科书上也写明了对《故乡》一文应体味"我"的心境，作为"情绪文学"进行解读的指导，后来教科书开始将《故乡》解读为描写农民阶级悲惨命运的"事实文学"。1949年以后认为农民作为中国革命的旗手，是不可能偷盗的，因此开始统一要求教师在语文课堂上做出"埋碗碟的不可能是闰土"的解释。

倘若犯人不是闰土，那真正的犯人是谁呢？这一疑问的产生确是人之常情，因此中国的中学生容易得出与教师指导相反的结论，倾向于闰土就是犯人的说法。比方说北京市发行的教师指导用书（1959）在"指导注意事项"一栏中就写道，"关于在灰堆中埋碗碟的究竟是不是闰土这一点，学生常有疑

穿梭在北京市内的公交车（1996年春节）

北京大学勺园宾馆附近（1996年）

问。作者在原文中也并未指明是谁埋下的，但是……"对于学生的疑惑，书中甚至写明了引用母亲"凡是不必搬走的东西，尽可以送他"这句话来说服学生的对策。

后来，我将调研内容整理成了《鲁迅〈故乡〉阅读史：近代中国的文学空间》（创文社，1997）一书，该书在2002年由董炳月译成中文并出版（新世界出版社），2013年南京大学出版社又进行了再版。想起当初调研时，把三公斤多的笨重笔记本电脑放在包里，斜挎着骑自行车在北京走街串巷，在塞满人的公交车里摇摇晃晃前往北京各个图书馆、资料室的情景，还真是令人怀念啊。

我在常去的一座图书馆里结识了图书管理员G先生。这座图书馆午休时间两小时，其间不能阅览书籍。一天，G先生把我叫到他的办公室，请我吃他在职工食堂买来的午饭。

当时，中国工厂和大学的食堂都要求自带餐具，人人都会拿上两个比饭碗稍浅的大搪瓷盘。其中一个盛了饭之后再盖上菜，另一个盘则用来打汤。那天G先生没要汤，在两个搪瓷盘里打了两份午饭回来。

上午的工作告一段落之后，见他用大勺把肥亮的猪肉炒蔬菜盖饭大口往嘴里送，不觉让人食欲大发。令我惊讶的是，G先生竟从桌子下面拿出了绿瓶红星，活像士兵装束的二锅头。他告诉我自己喜欢在每天吃午饭的时候小酌几口，还为我演示起了喝酒的方法：就像这样倒在勺子里面再哧溜一口喝掉。

这一时期的二锅头，用的还不是螺纹瓶盖，而是啤酒瓶上的那种皇冠盖，一旦打开了就没法再封上。G先生把开了盖的二锅头直接放在地上，走进办公室就扑鼻而来的香气便源自于此。我不假思索地问道，大中午就喝酒劲这么大的酒吗？G先生解释说喝个两三勺有助于消化，听他这么一说，我也大着胆陪他喝了两勺。当时确实起到了促进食欲的功效，但下午我重新开始阅读的时候，跟那不断袭来的睡魔作了好一番抗争。顺带说一说，G先生的办公室里虽然放着供三人办公的桌子，但另外两个女职员总是称病，几乎不怎么来上班。所以，就算二锅头满屋飘香，也是"没问题"的。

开往延安的卧铺火车上

在日本的新干线上,也能见到有人吃中饭时以啤酒代茶。但二锅头高达56度,酒精度数是啤酒的十倍,大白天的还是不喝为妙。G先生传授我喝酒不用碗而用勺的喝法之后,在去延安调研的路上,我又在大中午见着了二锅头。当时要前往延安,得先从北京坐卧铺夜车到西安,次日一早再换乘去延安的火车,全程需要12个小时左右。这一趟我小小地奢侈了一把,订了三层"硬卧"最下面的床位,在我对面躺着的是一个从俄罗斯出差回来的贸易公司职员,正读着新闻杂志。闲谈中,他说到回北京总公司之前得先到延安办件差事的当口,卖东西的推车恰巧经过。他买了两小瓶二锅头和两袋带皮花生,说是在他乡尝到的北京味很是特别,于是也分了我一些。

我摊开腿脚,靠在车窗上,看着窗外的黄土风光,听着他大谈东欧贸易,二两白酒轻轻松松就下了肚,接着,睡魔便如约而至。小睡一小时醒来的时候,这位公司职员还在看杂志。到20世纪90年代为止,过着职住邻近的"单位"生活的中国人是有午休习惯的,他居然中午喝了酒还能悠然读书。我问不困吗?他若无其事地答了句,因为欧美人没有午睡的习惯,就朝两节车厢之间的煤炉烧水机走去,往在西安站买来的两盒桶装面里倒了热水，又请我吃了午饭。中国的长途火车在各车厢都设置了热水机和保温瓶，带上空的玻璃酱瓶和茶叶，就能享受中国式品茶的乐趣了。要是在车站的商店里置办了带盖的搪瓷大杯，就可以买比桶装面更便宜和划算的袋装方便面泡在里面。中国的火车还真是个热水文化的世界呀。

厉害到出了冒牌货的酒

长途火车里出现冒牌酒的事实，证明了二锅头真正的厉害。1996年待在北京的那段时间里，我还去莫言的故乡山东高密拜访过（关于这次旅程的事情，我放在了本书的地方篇中）。当时我坐的是8点51分从北京站发车开往济南东的二等卧铺，上车后照例在床上看起了书。没多久乘务员就来问需不需要订午餐，11点我去餐车用餐时，发现跟我同坐的男性客人已经开了小瓶二锅头。我看着他心想，这里也有大白天就挑战绿瓶红星的豪杰嘛，只见他喝了一口随即怒声道："冒牌货！"我吃了一惊，禁不住向他发问："二锅头也有冒牌货？"这名男子回说，现在中国到处都是冒牌货，像茅台、剑南春这样的高级酒就不用说了，一瓶两块钱的廉价酒也有冒牌货。他每天都喝二锅头，所以尝一口就能分辨出来，说这话时他又重新点了啤酒。由于这场假酒风波，我们欢谈起来，男子还给了我一张名片，叫我有机会去济南一定找他，名片上写着济南电视局导演张某某。

到此为止的事情，很久以前我在中文学习杂志上就写过（《NHK电视中文会话》1999年5月号），其实这个故事还有后文。我中途在济南市下车后，顺便去济南电视局拜访了张导演，他把我带到放映室，给我看了共四集的电视新作——《故道》。

这部电视剧的主人公确有其人，是位小学教师，名叫戴修亭。他为山东聊城的农村教育奉献了一生，于1992年病故，时年51岁。戴老师用自己微薄的工资为贫困的学生垫付学费、购买教材，连妻子为他辛苦存下的肝炎治疗费，也用来救治染上急症的学生了。国家对贫困村的支援是有限的，地方和省政府只是送来了表彰模范教师的奖状，并没有大幅增加村里的教育预算。出演该电视剧的都是戴老师的学生，正因如此，老师临终的那场戏十分逼真，我不禁潸然泪下。

1996年的中国，北京、上海等大城市都在急速发展，像高密这样位于青岛附近的农村，受惠于大城市近郊的有利条件也都繁荣了起来。但是，还有广大的农村地区没有享受到改革开放政策的红利，仍处于贫困之中。酒豪张导演说："我也是完成了这部电视作品以后才知晓了农村教师所面临的残酷现实的。"真没想到，因为假冒二锅头的缘故，我还能接触到中国农村问题的严酷现实。

用二锅头调鸡尾酒

如此看来,二锅头不光出现在北京的大众食堂和老百姓的厨房,在开往延安的火车上以及图书馆里也能见到它,它的广受欢迎甚至在市场中催生出了冒牌货。当时仅北京红星酿酒厂的二锅头,就占有全国白酒5%的市场份额,占北京市场的85%。但我们不能把这一现象简单归结为寡头垄断。随着中国经济的快速发展,人们对白酒的需求在不断减少。不光是北京,在居民平均收入提高的同时,其他大城市也出现了消费者的喜好从白酒转向啤酒、葡萄酒和鸡尾酒的倾向。在我认识的女学生、女性教授和职业女性当中,喜欢喝点小酒的人虽然正在变多,但喝白酒的女性确实很少见。

北京的报纸称,中国白酒市场萎缩严重,从过去的79.27%减少到现在的15%……全国白酒工厂共计37000家,年产白酒700万吨以上,但实际的白酒消费量为400万吨,白酒产业正面临着严重的供给过剩问题(《信报》,2002年8月29日)。该报提到了白酒所占市场份额从过去的79.27%减少到现在的15%,这是单纯计算容量得出的结论,还是用酒精度数乘以容量换算后得出的结果,我们不得而知。若是前者的话，真称得上是大幅锐减了。

那么，要振兴代表北京文化的二锅头，或者说大一点，要振兴中国的白酒文化该怎么做呢？对于50度以上的烈酒，女性和年轻人都敬而远之，而不受女性喜爱的酒，恐怕很难有什么未来。正如毛泽东所言，"妇女能顶半边天"，是否可以考虑推广白酒兑热水、兑凉水、调成鸡尾酒的饮用方式呢？日本"二战"后的威士忌推广就仰仗了兑水和高球鸡尾酒的喝法，近三十年在日本刮起的烧酒热潮，兑热水或苏打水的饮用方式不也做出了巨大贡献吗？

我在北京大学北京文化研讨会的宴席上提出了这番白酒振兴之策，嘴里咂巴着二锅头的北大中文系年轻研究员们连连摇头。他们说，混酒不好，用水兑着喝，醉后得难受。看来要守卫北京的传统酒文化和中国的白酒文化也非易事。

负责本书的编辑I女士写便笺告诉我，北京东方君悦酒店的餐厅里，有一款用茅台酒调制的冰沙鸡尾酒叫作"茅格丽塔"。因为是冰的，很顺口（会留下淡淡的香气），能咕嘟咕嘟下肚（笑），反倒容易喝多。

四、俯瞰故宫，品北京红酒

当地酒候选：长城与王朝葡萄酒

由于太爱北京白酒，我在第三章中断言"北京的地方酒就是二锅头"，甚至振臂疾呼"守住中国的白酒文化！"。这些内容是我边喝白酒边写下的，但回过头来再读时我做出反省，是不是爱之过切成了一种偏执？既然定了《鲁迅与绍兴酒——酒香中的现当代中国》这个题目，就不能让自己过度沉醉在白酒独尊主义里。所以，本章要讲一讲可谓北京当地酒候选之一的葡萄酒。

北京市在地理位置上恰好被河北省围住，该省的怀来县和更西边的涿鹿县一带是个大盆地，位于北京西北方向约100千米的地方。怀涿盆地处在北纬40度上，地界内有条桑干河自西边的张家口流向东边的北京。在这条河流上筑起的官厅水库曾是北京主要供水水源地。怀涿盆地的气候最适合栽种葡萄，因而也被称为"中国葡萄之乡"。

中国粮油食品进出口集团有限公司和张家口长城酿造集团等公司合并后，设立了中国长城葡萄酒有限公司。1983年，该公司在怀来、涿鹿两县开始生产葡萄酒。此后产量直线上升，1992年时年产仅3000吨，到2000年时已增至十倍。据长城公司所说，专家认为长城的出现让中国消费者跟欧美人一样，也能喝到符合国际水准的葡萄酒了。现代中国真正意义上的葡萄酒生产就是从长城开始的。

我初次喝长城葡萄酒是在1991年的12月。那时我作为访问学者在北京大学住了一个月，去宿舍的勺园小卖部买东西时，看到了写着"长城干白"的瓶装酒。买来尝过后发现，这是一款酒味干辣的白葡萄酒，配得上"干白"二字。70年代末留学中国时喝过的中国葡萄酒，葡萄的糖分没有发酵完全，还是酒精度数较低的甜味饮品。相形之下，这款葡萄酒的品质已经取得了长足的进步，品酒时的感动，至今仍记忆犹新。

不过，在其他店买的第二瓶干白由于保存不当已经氧化，根本喝不了。而且没见到哪里出售长城的红葡萄酒，作为吃鱼也要配红葡萄酒的红酒党，我还是入乡随俗，依旧喝起了二锅头。

四年后的 1995 年秋天至次年春天，如前文所述，我再次赴北京大学做了七个月的访问学者。这时，北京大学的校园内已经出现了小型超市，我买了瓶名为"王朝"的葡萄酒，其相对轻盈的瓶子令我激动不已。自此以后，遇上那些不喝白酒的客人，我基本上都会推荐王朝红酒。根据我的笔记，该酒的售价为 25 元（当时 1 元约合 12 日元）。这款红酒是王朝葡萄酿酒有限公司的产品，该公司为中法合资，位于毗邻北京的天津市，也称得上是北京酒的候选之一吧。

同年，北大附近的当代商城也开业了。从北京图书馆（现在的中国国家图书馆）骑车回学校的路上，我还进商城的酒类卖场逛了逛，看到了名叫龙徽赤霞珠的红葡萄酒。这是一款干红葡萄酒，我完全被击中了。美中不足的是，价格较高，售价 45 元。

随着改革开放政策的深入，20 世纪 90 年代的中国迎来了经济的高速发展，真正的本地葡萄酒也在此时闪亮登场。

曾经的本地酒——龙徽

写作本章时，我打开了龙徽的官网，上面显示该公司的葡萄酒历史可以追溯到清末的 1910 年。最初，北京的法国圣母天主教会为了进行弥撒，在西城阜成门外的马尾沟（现在的北营房北街）墓地建起葡萄酒窖,当初的年产量为五到六吨。1949年中华人民共和国成立后此处成为国有企业,但当时年产仅十吨,员工也只有十三人而已。十年后企业更名为"北京葡萄酒厂",开始生产"中国红"和"莲花白"等产品。我虽没喝过中国红,但不少爱酒之人都满脸怀念地表示,到70年代为止,它一直是能够代表中国的少数几款真正的红葡萄酒之一。

莲花白是以高粱酒为基酒,加入五加皮、广木香等酿制而成的50度药酒。关于这款酒,我在前述中文学习杂志上刊载的《作为"知性策略"的文学史——与陈平原谈鲁迅、胡适》一文中已有所涉及（《NHK电视中文会话》1993年1月号）。之前也说过,1991年时我访问了北京大学,当时应好友陈平原的要求,在北大中文系做过题为《都市小说〈端午节〉》的学术演讲。

五四时期的中国,在深受军阀割据之苦的同时,从工业到政治、文化等方方面面都在逐步为现代化做着准备。演讲中选取的《端午节》是鲁迅1922年的作品,以五四时期的北京为舞台,描写了穷困知识分子的生活。《端午节》讲的是担任大学讲师的主人公还不起在店家那里赊的账,竟自暴自弃起来,差小厮去再赊一瓶莲花白。小说的煞尾处,喝过酒的主人公念起了胡适的诗集。

演讲结束几天后的12月17日，陈教授与同是近代文学研究者的夏晓虹夫妇二人，邀请我到他们家中吃晚饭。我细细品尝着夫妇二人亲手烹调的菜肴，与他们共庆胡适的百岁诞辰。在《端午节》中作为诗人登场的胡适，是现代中国与鲁迅齐名的大知识分子。连同辛亥革命（1911）在内的七年时间，胡适一直在美国留学。回国后，他以当时中国唯一的国立大学北京大学为立足点，倡导使用以口语为基础的白话文建立国民国家的文化战略，与陈独秀、鲁迅一同成为文学革命的旗手。他为了改革文艺、学术、教育和出版机构而四处奔走，30年代作为国民政府的智囊团成员，致力于中华民国的建设。

在陈、夏夫妇家庆祝胡适百年诞辰的那晚，除了他们下厨做的菜肴之外，桌上还放着莲花白。我在前述的文章中写道："酒量很小的陈教授选择的不是北京的大众化白酒二锅头，不是最近口碑不错的中国产长城葡萄酒，而是特地挑了药材味很浓的莲花白，此举着实很有'策略'。"因为在北京大学演讲结束后的午餐会上，我说过要是现在还能买到莲花白的话真想喝喝看。文中我还写道，"亏得莲花白助兴，当晚……就鲁迅和胡适的再评价问题"，我们热烈地畅谈了一番。为纪念这一夜,我把莲花白的空瓶带回了宿舍,在脸盆中浸过水后,把标签揭了下来。写稿之际重新确认过这张标签,上面写着"北京葡萄酒厂出品 PRODUCED BY BEIJING WINERY"。

这次的北大演讲还衍生出了一段奇缘,当时的听众中有一位日本留学生,十年后我又接受了她的采访。采访人汤田美代子在《从市民感觉的角度论〈中国文化探险〉》一文中写道:

> 傲气的北大学生们,可能是对听日本人讲鲁迅这件事感到不太服气,有几个学生故意哗啦哗啦翻动报纸来捣乱。但开讲一段时间后,教室又恢复了安静,学生们开始恭听起来。演讲是围绕鲁迅1922年的作品《端午节》展开的,小说用哀愁的笔触,描写了北京知识分子阶层因过度穷困连爱和理想都无法坚持的现实。

北京葡萄酒厂在我发表北大演讲的四年前设立北京龙徽酿酒有限公司,在怀来县开设葡萄园,于次年的1988年推出第一瓶葡萄酒。之所以取了"龙徽"这一公司名兼品牌名,据说是这一年恰为龙年的缘故。

贵宾楼的屋顶酒吧

时任《朝日新闻》上海特派员的吉冈桂子做过题为《中国人喝红白酒的现状》的新闻特集,针对以红酒为主的葡萄酒热潮以及与白酒相关的中国政府政策进行了如下报道。

"重点发展葡萄酒,积极发展黄酒,稳步发展啤酒,控制白酒总量。"这是中国政府近年来一贯的"酒"政策。大力发展以能够增加农民收入的商品作物——葡萄为原料酿制的葡萄酒。

同时推动酒精度数较低的啤酒与绍兴酒等"黄酒"的发展。对于酒精度数基本高达50度以上、酿造需消耗大量谷物的白酒,考虑到国民健康和国家粮食问题予以限制。

葡萄酒的国内产量自千禧年后稳步提升,2003年的产量约为34万吨……而白酒的年产量则六年连续下降,2002年的产量约为380万吨。由于政策性的增税和国民健康意识的提高,这一数字与1996年的产量峰值相比减少了一半。

(《朝日新闻·世界新闻》,2004年3月31日)

长城、王朝、龙徽作为三大北京本地酒的品牌个性非凡，与我钟爱的日本甲州产葡萄酒和纽约长岛产葡萄酒不相上下。但刚才也提过，白玉微瑕的是价格太高。2002年时，在北京能点到葡萄酒的都是高级餐厅，龙徽葡萄酒的价格在150元左右。而当时的大学食堂只要五块钱就可以买到十分美味的早餐了，高级餐厅的地方葡萄酒价格之高，可见一斑。北京、上海等地近年来出现被称为"新富"和"小资"的群体，爱喝北京地方葡萄酒的就是这些上层中产阶级。

日本讲谈社设有野间文艺翻译奖，每年给海外翻译日本文学的优秀作品颁奖。2002年的评奖对象为华语圈的译本，我被委任为该奖评委，同年9月受邀参加了在北京举行的颁奖仪式。当时住在北京贵宾楼饭店。这是家与香港商人合资建造的五星级酒店，1990年开业，南临长安街，东接北京饭店。若是置身高层标准间"故宫景房"（Palace View Room），还能够俯瞰西边的故宫景致。

参加颁奖仪式闭幕宴会的，有著名的大江健三郎作品翻译家、清华大学中文系

野间文艺翻译奖颁奖仪式（2002年9月，于北京）

教授王中忱，还有作为随笔作家活跃于日本的毛丹青。宴会结束后，大家决定换个地方继续欢谈，我便推荐了贵宾楼屋顶的酒吧。同去的还有在场的日本朋友们，包括作家茅野裕城子，她描写日本女性在北京的短篇小说集《韩素音的月亮》也被译成了中文；以及著有《北京市朝阳区建国门外》等著作的北海道大学教授渡边浩平；还有当时身为记者，后来接连翻译余华《兄弟》等中国当代文学代表作的泉京鹿等人。

我们在屋顶酒吧喝着北京的本地葡萄酒，俯瞰夜幕下的故宫和天安门广场，续摊很是尽兴。"龙徽"的"龙"正是皇帝的象征，在贵宾楼喝龙徽葡萄酒最适合不过，于是我们从"夏多内"白葡萄酒喝到"赤霞珠"红葡萄酒，一下喝空了四五瓶。之所以能开这么豪华的派对，其实还是因为酒店内的餐饮费用都由讲谈社承担的缘故。话虽如此，对我来说这么"小资"的生活实属例外，住在贵宾楼的四天时间里，我的一日三餐几乎都是在街上餐馆解决的。坐在北京市民中间，早饭喝粥，午饭吃"狗不理"肉包……

此外，我印象中大概是2014年开始，中国红酒的味道似乎整体上都发生了变化。能买到的百元上下的红酒，既没了口感也少了香味，剩下的好像只有颜色了。据中国的红酒党朋友所说，好喝的中国红酒都涨到了500元左右，还是从澳大利亚、智利、阿根廷等国家进口的百元上下的红酒性价比更高一些。

我期待中级的中国红酒也能像 21 世纪初华丽复苏的中国电影那样,在不远的将来再次飘出芳醇的香气。

五、从市场经济到反腐运动，中国式宴席的发展

20 世纪 90 年代"单位"社会的解体与"私宴"的变化

我在本书序言部分已提过，改革开放四十年后，中国人的生活发生了天翻地覆的变化。中国的 GDP 激增 46 倍，从 1980 年的约 3000 亿美元一跃增至 2018 年的 14 兆美元。反观同时期的日本，GDP 从 1 兆 1000 亿美元增长至 5 兆 2000 亿美元，仅仅翻了 5 倍，中国变化之迅猛令人瞩目。与此同时，中国的人均 GDP 达到了约 8600 美元（日本为 3.8 美元，均为 2017 年的统计数据）。

在如此激荡的四十年里，人们的饮酒也变得大不相同。首先要说的是私人宴席。70 年代到 80 年代时会邀请我去家中吃饭的朋友们，到了 90 年代中后期便开始在餐厅设宴了。进入 21 世纪之后，在家聚餐的情形几乎再也见不到了。我将这种变化称为"私人宴席"（以下简称"私宴"）的外食化。

90年代,作为中华人民共和国独特城市制度存在的共同体"单位"遭遇解体。中华人民共和国成立以来,中国的城市居民均隶属于某个"单位",从薪资到住房、退休金等,全都由"单位"提供。"单位"负责一个居民从出生到死亡的方方面面,成了共产党及国家的基本组织。我们可以将"单位"想象成把民国时期为止的传统大家族制度拓展至大、中、小工厂和公司而形成的组织。90年代,这种"单位"社会在改革开放的市场经济渗透下轰然崩塌。

伴随着"单位"的解体,各种社会变革相继出现,其中之一就是住宅的市场经济化,而这一变化也出人意料地促使"私宴"摇身一变。我在文学史一书中谈过如下内容。

为了应对"单位"社会的住宅不足及居住环境恶化等问题,政府开始推进改革,促进公有住宅的出售和一般商品房的建设与销售。"把住宅供给机能从国家及企业中剥离出来,将住宅重新定义为可由个人用货币购入的商品,培养对商品化住宅进行交易的住宅市场",由于这些举措,"商品住宅的交易面积从1991年的2745万平方米,大幅增长至2000年的1亿6570万平方米(6倍,年增长率22.1%)。尤其是商品住宅销售的个人购买份额,在2000年时已达到87%"(熊谷直次：《IT导入引发中国住宅金融制度改革》,《IT解决方案前沿》2002年7月号）。过去，只有结了婚的人，所属"单位"才会分配住房，但到了后邓小平时代，单身人士和未婚情侣也可以购买或租赁住宅。北京、上海等地一直延续到邓小平时代的"巨型农村"问题，也因为"单位"的解体最终得以解决，可以说城市因此初绽复活生机。(《华语圈文学史》，东京大学出版社，2011）

就大学而言，教授级别的职员从"单位"提供的房租极低但空间狭小、摇摇欲坠的宿舍，搬到了新落成的宽敞高层公寓。可与此同时，也不再将客人邀请到自家去吃饭了。不，准确地说，是先将客人请到新居里，在四面墙壁都装了定制书架的书房里，或者摆放着豪华沙发的客厅里品茗畅谈一番，再不慌不忙地坐着出租车去餐厅享用宴席。从两居一厨左右的"单位"宿舍，搬进足足100多平方米（有的是200平方米）的自家公寓，明明屋内的厨房和餐室空间宽绰，却选择去外面吃饭，真是憾事一桩。不过，绝大部分的中国夫妻，双方都有工作，夫妇都是大学教授的家庭也不在少数。生活条件变好之后，为了省去在家费时费力招待客人的麻烦，让客人与家人一同享用餐馆大厨的手艺，这或许也是无奈之举吧。

2013年的反腐运动与"公宴"的巨变

私宴的景象，是从90年代中后期开始慢慢变化的。而接下来要谈的公费宴席则与此不同，其变化是2013年1月突然在全国上下一齐出现的。其契机，是前一年的"反腐倡廉"又称"惩腐倡廉"运动。这一变化，我称之为"公费宴席"（以下略称"公宴"）的去酒精化。

1949年中华人民共和国成立以来，反腐运动不断。1951年开展了"三反运动"，反贪污、反浪费、反官僚主义这三种恶习弊害，次年扩大为反对"行贿、偷税漏税、盗骗国家财产、偷工减料、盗窃国家经济情报"这些"毒害"的"五反运动"，民国时期以来的"私营工商业者"遭受重创（天儿慧：《中华人民共和国史》，岩波新书，1999，23-24页）。

在20世纪90年代之后的经济高速发展期，每到换届之际，都会开展反腐运动。从上海市市长被提拔为共产党中央委员会总书记的江泽民在1993年兼任国家主席后，发起了与政党和官界掌权者腐败问题的"斗争"。本书地方篇中将介绍的莫言魔幻现实主义作品《酒国》，正是以这样的中国现实为背景写成的长篇小说。2002年，胡锦涛接替江泽民，当选党的总书记后又再次发起反腐运动。

就此看来，从2013年1月开始的反腐运动，也可以说是伴随着总书记兼国家主席的更替而出现的。江泽民、胡锦涛两位前任国家主席取缔的主要是收受贿赂，而习近平主席在此基础上还对公费宴会进行了严格的限制，"公宴"风景为之一变。

政府出资的学会圆桌晚宴

日本学会召开的恳亲会大都采取会费制。像日本中国学会、日本笔会这样的组织，基本上都是依靠会员缴纳的数千至数万日元的年费运营的。但中国的学会经费由政府提供，大学主办研讨会等活动时，费用多数也是来自大学的预算或政府下拨的科研经费。

日本的学会为了增加收入，对招揽新会员入会十分上心。特别是近年，大学等机构中研究人员职位的削减问题越发严重，会员数出现明显的减少倾向，因而学会想出了以会费打对折的方式吸引研究生会员等办法，通过各种途径"为增收而努力"。但中国学会没有会费这一说法，研讨会要么无须参会费用，要么就是费用很低。在中国，被学会领导选中的人才可以成为会员，与日本学会拥有一定研究业绩并缴纳会费方可成为会员的做法截然不同。

日本学会的恳亲会基本都是立餐形式的。在自家站着吃晚饭的人估计是很少见的，但学会组织宴会的主要目的不在于享受饮食之乐，而是优先考虑如何方便会员之间的交流。可过去的中国学会和研讨会，不论午餐还是晚餐，都是入席享用的，提供的是山珍海味以及当地名酒。每晚都能看到几个甚至几十个可供十多人围坐的圆桌一一排开，国内外贵宾和学会领导们坐于上座。听过晚宴的开餐致辞，在座人员一齐干杯之后，各桌就能品尝名菜、频频举杯了。晚宴过半时，大家便三五成群地离开座位，去前辈教授和朋友的圆桌边说一句"某某老师，我敬您！"，然后一起干杯。在中国，说了"干杯"就要按其字面意思喝干杯中之酒，有时喝完还要将杯子朝着对方倾斜90度，以此证明确实喝干。此时，若是剩下一滴，就得罚酒三杯，这滴酒要是滴滴答答流下来的，就要罚四杯，这便是所谓的"点三流四"。

中国的正式宴会，喝的基本上都是白酒，只要客人不特地要求，啤酒和绍兴酒之类的黄酒是不会出现在餐桌上的。喝白酒用的是小玻璃杯，容量不过10毫升左右，但如若用这种"烈酒"干个几杯，醉意立马就上来了。而且，醉酒在中国被认为是不君子、不淑女的，这一点与日本对醉鬼的宽容形成了鲜明对比。

因而，为了自身的健康和名誉，在干杯前得进行酒量交涉。有的会说"像我这样的，喝如此名酒实在'浪费'，就喝'半杯'吧"，有的陈情"昨晚喝多了……"请求减量。对方则会回一句，"地方名酒，贵宾定要尝尝"，或是"不不不，您该是'海量'，昨晚的酒还没喝到位"。各桌之间都以这样的辩论术火热地进行着谈判，其间小酒杯相互点碰的叮当之声好似风铃一般——这就是中国宴会的妙趣所在。

中国的大学教员都是"大人"，也因此没了强人喝酒的难堪，不管酒量交涉多么举步维艰，最后都会和平解决。不能喝酒的人就用矿泉水和白开水之类的代替。我年过花甲后减了酒量，越来越多的人可能是察觉到了这一点，会特意说一句"我'喝完'，您'随意'"。一想到不能再加入酒量交涉的行列之中，心中难免有些寂寥。

刚才提到的"海量"一词，算得上一个与中国式宴会相宜的诗性表述。"海量"级别的人，喝干一瓶白酒（一斤）不在话下，能助宴席大增其色。

日本虽说也有能饮一升清酒的酒豪，但我是不推荐他在中国公宴上与"海量"中国人拼酒的。中国的"单位"里存在酒量申报制度，出席"公宴"的人，都清楚彼此的酒量。要是有谁喝了超出申报酒量的一半，管理严格的"单位"则是超出三分之一，同事们就会提醒他不能再喝了。在中国的宴席上之所以不见烂醉之人，原因就在这里。一个喝光一瓶白酒的酒豪，其真正实力是能喝下三瓶的"海量"。日本清酒的初段选手怎么赢得过中国白酒的三段呢？

"上有政策，下有对策"的现代"公宴"

中国的酒宴文化跟中国美食一样，其完成度已经达到了艺术性的高度。但后来实施的反腐运动禁止在"公宴"上饮酒，有些"单位"还将人均餐费限制在了50元之内。2013年春天时，某大学举办国际研讨会，从会议前一天入住到会议结束的三天时间里，中饭和晚饭全都是自助餐，且不提供酒类。饭店主厨可能是觉得这样的预算"无用武之地"，把餐饮交给了助手去办，因而这自助餐的品质还不如学校的食堂。参会人员也都只跟自己的熟人坐在一起闲聊，根本感受不到研究交流之后的昂扬。最后一天晚上的第六餐也是清汤寡水（还是没有酒），我再也忍受不住，准备离开会场的高级餐厅，去附近的"面馆"喝杯啤酒，却被主办方的教授逮个正着。他告诉我，粗茶淡饭招待不周实在抱歉，但您去外面吃的话，一人份的自助餐就"浪费"了，这可不"环保"呀。我心想所言极是，回到会场，就着矿泉水把自助餐冲进肚中。当天夜里，跟我一起在房间里小酌的"外宾"们都发起了牢骚：好不容易来到美食圣地，真希望能品尝到美酒美食，即便实行会费制也行。

不过，俗话说"上有政策，下有对策"，针对这一禁止酒宴的政策，很快就有了一套应对的良策。那就是，由客人带酒前来。

反腐运动之前，饭店是不欢迎顾客带酒的，店内会贴上"谢绝自带酒水"的告示，还会收取"开瓶费"。但"公宴"开始禁酒后，2013年的夏天出现了菜钱公费、酒钱自费的现象。对于"自带的酒水"，饭店会与自家的酒水一视同仁，提供美观的酒器。若是白酒，就备上二两的玻璃小壶和小杯，红酒则会配上高脚的葡萄酒杯等。而且，这时的菜肴也从自助餐恢复到了反腐运动之前的水准。这一方面证明了中国酒文化的根深蒂固，另一方面也说明反腐运动取得了一定成果，完全摒除了公费饮食中"饮"的部分。

六、校园"居酒屋"与小说《私宴》

大学的市场经济化与免学费住宿费制度的废止

上一章涉及近四十年间饮酒风景发生的变化,介绍了20世纪90年代中后期的私宴以及2013年的公宴。说到校园生活,学生开始在"居酒屋"中饮酒的风景也是不得不提的。

私宴的变化是伴随住宅市场的经济化应运而生的,这一点在前一章已经论述过,而学生的宴席则与大学的市场经济化存在很深的关联。关于这点,我在《华语圈文学史》一书中指出:

> 在邓小平时代初期的1982年,大学毕业人数为45万人,2002年时增长到134万人,二十年间翻了近三倍。受到1999年高校大幅扩招的影响,2003年的毕业人数为188万人,比上一年增加四成。而2009年的毕业

人数为531万，仅仅七年的时间，人数就又翻了四倍。大学的升学率也在大约三十年的时间里从2%—3%猛增至2007年的23%（《中国统计年鉴（1998年）》《中国统计年鉴（2010年）》。与此同时，大学毕业生的就业率在2003年时骤降至60%，入职薪水也大幅减少，北京大学毕业生的薪资从几年前的3000—4000元减至一半。（《大学生入职薪资下降》2004年6月，http://www.pref.ibaraki.jp/bukyoku/seikan/kokuko/shanghai/business/04/repo0406_2.htm）（《华语圈文学史》，东京大学出版社，2011）

进一步细看的话，从这一时期开始，中国的大学生都必须缴纳学费了。中华人民共和国成立以来，大学生除免学费外还能拿到助学金用作伙食费和零花。记忆中1979年我在中国留学的时候，助学金是每月25元，而当时一天的伙食费还不到5角钱。由于学校采取全寄宿制，所有学生都住在校内宿舍，住宿也是免费的。作为交换条件，学生毕业后没有择业自由，所有人的工作都由政府"分配"。但是从1985年开始，学校可以招收少量缴纳"培养费"即学费的学生，到1997年时，所有学生都必须缴纳学费。当时一年的学费大约

3000元，现在已涨到5000元左右，外国语学院、医学院、艺术学院的学费还要更高一些。另一方面，工作不再实行分配制度，因而出现了不少学生毕业即失业的现象。

读一年大学所需的费用包括：学费5000元、住宿费1000元、不含寒暑假三个月的伙食费6210元（早餐5元+午餐10元+晚餐8元），四年合计需要5万元左右。除此之外还有购买手机和电脑的费用、上网费、服装费、约会费等，至少还得再加1万元。（https://zhidao.baidu.com/question/1948561405927416548.html，2018-5-17检索）。从2016年开始有三年的时间，我都会到中国人民大学文学院进行集中演讲。那个时候我很喜欢去学校食堂用餐，印象中学生们一天的伙食费在40元上下。不管怎么说，供孩子上四年大学最少需要6万元，承担这一经济压力的中国父母之辛劳可以想见。但这一现象的出现，或许也能说明全中国都已经富裕了起来。

人民大学的"学子居"酒馆

我在人民大学演讲的时间以上课铃声为准，共150分钟。最开始的10分钟左右由担任主持的教授先介绍，接着我再边展示课件边讲解90分钟，休息10分钟后进入最后40分钟的讨论。我的演讲面向研究生，其他学校的研究生和教员也会来旁听，大家热烈讨论一番是常有的事情。有时演讲会结束，讨论还余兴未退，我就会邀请没有约会和打工安排的听众一起去喝啤酒，要约会的姑且不论，几乎没有人在傍晚时分外出打工。事实上，中国的研究生至今还属于优待对象，免除学费的同时还有奖学金。而学生们五点开始吃晚饭，不影响在秋季的日落之前喝上一杯。于是，每周有一到两次，我都会出入被研究生们称作"居酒屋"的餐馆。

地铁2号线是堪称北京山手线的四方形环线，其西北角上为西直门站，从这一站换乘向西北方向延伸的4号线，第四站就是人民大学站。人大周边的咖啡店密度是全北京最高的，这一现象可能与人大的学生们热衷于讨论，喜欢带上电脑去咖啡馆学习有关。除此之外，也许与人大校园面积不大也不无关系。只要花上30分钟的时间，你就能在其长方形的校园内转上一圈。再看人大的学生数量，本科生约1万人，研究生1.2万人，留学生1500人，合计约2.3万，本身人口密度就很高。

学校的东、南、西、北、中各区都有一个大食堂，我喜欢去的是东区食堂。一楼采用打饭的形式，有人负责把提前做好的饭菜打进盘中。二楼有十几个间距三米左右的窗口，分别是"麻辣有约、东北风味、港式风味、韩式风味、四川风味、京味水饺",等等。每个窗口后面都有三四位厨师,接单之后"现做",有的炒、有的煮。二楼的饭菜咸味稍重,烹调还必须等上五分钟左右,因而我大多去一楼用餐,价钱似乎也比二楼便宜两成。大食堂放置四人餐桌,两到三个横向连接起来,整个食堂排着几十排这样的桌子,饭点时熙熙攘攘甚为壮观。顺带说一说"麻辣有约"这个名字,"麻"是"花椒"之味,"辣"就是辣椒,"麻辣"二字连用,是一种让舌头针刺般火辣辣的味道。这两字再加上"有约",有"麻"与"辣"的相会,或者顾客与"麻辣"之味相遇的意思。说得直白一些,也许就是"火辣的约会"吧。

这些大食堂里面是不贩卖酒类饮品的,我也没见过在这里喝酒的学生。除了大食堂之外,还另有五六家小型食堂散布在校园中。里面有二三十组四人或六人的沙发卡座,服务员会把热气腾腾的美味佳肴端上桌。第一次演讲结束后同大家一起喝酒的时候,研究生们把我带到了"学子居",有过访日经验的人告诉我:"这是人大的居酒屋。""学子居"有"学生之家"的意思,不过"居"这个字也被餐馆用作商号,因而也可以解作"书生号"。

学子居的入口挂着"川菜、湘菜、鲁菜、家常菜"的招牌，点单的时候说好要"微辣"，像我这样不耐辣的人也能吃得津津有味。点份10元的炸花生米当下酒菜自然是不错的，不过，为了向门口的川菜招牌致敬，不如花12元点个川北特产——川北凉粉。凉粉是用绿豆粉制成的类似日本心天的食物，入口滑爽，滋溜一声就滑进喉咙了。与凉粉有些相似的东北拉皮16元一份，是东北特色菜品。售价28元的芥末鸭掌虽说在日本见不太着，但在这里也是一道颇有人气的下酒菜。蛋黄鲜虾滑豆腐32元。热菜的价格都相对高一些，但四五个人吃顿饭外加少饮几杯也就是300元上下，价钱很合适。当然，跟一餐10元的食堂比起来，算是很小资和奢侈的了。

人民大学的东区食堂

为了节省人力，很多店点餐和支付都是通过手机完成的。我不太会用手机，点单时都请研究生们代劳。可

人大校园里也有可以喝酒的高档餐厅（汇贤府）。右起第二人为笔者

研究生中也有不会用手机点单的人，想直接口头点餐，但服务员总是不予理睬，结果他跑到隔壁商店买了瓶装啤酒回来。

人大的研究生们懂得交际之道，第二、第三次接到我的邀请的时候，他们总说这次该他们请客了。这时我会告诉他们："谢谢，等20年后你们都变成教授了再请我吧。"即便如此，还有研究生特意带来了一瓶故乡的白酒。像学子居这样的饭店，跟专门承办"公宴"的高级餐厅一样，是默许顾客自带酒品的。但这里没有漂亮的酒器，研究生们会自己去柜子上取来喝茶、喝啤酒的杯子。

70年代，学生们即便会在宿舍里跟舍友共饮，也几乎不会在外面的食堂里喝酒。从90年代中期开始，各大高校中开始出现类似学子居的餐馆，但顾客主要还是教职工和留学生，普通学生很少。但21世纪的校园"居酒屋"里，几乎每天都有熙熙攘攘的学生客。2016年时，中国有765万学生进入大学学习，升学率达到42.7%（http://www.sohu.com/a/156585665_583552，2018年5月21日 检索）（日本包括短期大学在内升学率为54.7%，http://todo-ran.com/t/kiji/15083，2018年5月21日 检索）。可以说，经济的发展促进了大学升学率的提高以及学费制度的发足，并且进一步催生了校园居酒屋"私宴"上的觥筹交错。

此外，在人大的学子居里面，女学生完全不喝酒的居多，最多也就是一起喝喝啤酒，男学生中喝白酒的也较少，

北京大学附近的体育酒吧（1996年）

来这里主要还是为了享用美食、尽情欢谈。

描写可怕酒后骚扰的小说

最后，介绍一部稍有些吓人的有关"私宴"的小说，标题就叫《私宴》，是登载在《上海文学》杂志2004年7月号上的短篇小说。

理科年轻学者包青在北京初露头角，今年春节依旧回到了故乡小城马桥镇。他回乡是为了对独自生活的母亲尽孝，而妻子则跟往年一样，带着孩子回了暖和的广州老家。小城里有个叫大猫的人，是包青中学时代的孩子头头，曾把他当佣人一样使唤。大猫在停办的小学里建起羽绒加工厂，还经营着公交公司，成了当地的一个小财阀。架不住大猫死缠烂打地邀请，包青硬着头皮参加了他组织的春节宴席。除了中

与学生们在人大的"居酒屋"——学子居（2018年）

哈尔滨满族村的学生带来的黑龙江省白酒正宗花园。边听这位学生自豪言说故乡边跟大家一起品尝的白酒尤为可口

学时代跟在大猫后面，如今还是他公司员工的李仁政之外，包间里等着他的还有人称喇叭花、现在似乎做了大猫情人的美女程少红，以及他中学时代恩师的女儿。就是这位中学老师，看出了包青的物理才能，也是唯一一个对他加以赞赏的教师。包青原准备借口身体不好、明早要回北京拒不喝酒，但因为听说了恩师的死讯，又为阻止大猫强灌程少红，于是酒一杯一杯下肚，最终烂醉如泥……

这是一篇描写大城市中产阶级归乡情景以及他与乡人间精神鸿沟的佳作。作家苏童（1963— ）生在江苏省苏州，这里自隋朝以来一直都是繁荣的水乡,苏童这个笔名就有"苏州之子"的意思。上一章中我写到过"中国的大学教员都是'大人',也因此没了强人喝酒的难堪",读完这篇短篇小说之后我心想,看来应邀参加公司老总们的"私宴"时,得牢牢记住"申报酒量打对折"的规则才是呀。

上海篇

小引

"80后"指的是在20世纪80年代出生于中国的一代人,尤指这一代中的文化人。郭敬明(1983—)是"80后"的代表作家之一,他出生于四川省自贡市,考入上海大学后于2003年发表处女作《幻城》。这部幻想小说用简洁的文笔,诉说了青春期的爱与悲、孤独与愤怒,在年轻人中尤其是十多岁的女性中享有很高的人气。他凭借描写上海高中生欢喜与悲哀的《悲伤逆流成河》(2006)等销量百万的小说,在2007年和2008年连续两年蝉联中国作家富豪榜榜首。2009年时,其作《小时代2.0虚铜时代》在《人民文学》上发表。从他的作品中可以看到村上春树的影响。

郭敬明的长篇小说《小时代》系列的故事,发生在2008年金融危机之后经济仍维持快速发展的闪耀中华大地上,作者以"80后"富有娱乐性的笔触,浓墨重彩地描绘了处于经济发展头部的金光闪闪的上海。

叙述者林萧是个性格温和的上海平民女孩,名牌大学中文系大四学生,此外还担任高端杂志《M.E》主编的助手,她给自己的定位是一个小人物。顾里是位千金小姐,会计专业,喜欢一流奢侈品的同时,独立心很强,崇尚有计划的生活。由于她在很多情况下都过度冷静,因而看上去比较刻薄。南湘是个具有极高艺术天分的古典美人,但很毒舌,跟前男友之间有一段不堪回首的过去,成为她的一块心病。体育系的唐宛如天真烂漫过了头,有些不识趣,过于率真的她经常会闹出惊人的大动静,是个麻烦制造者。这四人高中时关系就很好,大学又住在同一个寝室,仰仗着顾里的人脉和财力,四人的宿舍被改装得十分洋气,里面放置的都是名牌家具。小说讲述了这四名个性独特的女生跟财团的帅气少爷、文弱的天才作家、冷酷强干的主编等人之间绚烂的恋爱和浮华的交易。

关于《小时代》系列被搬上大银幕这一点,研究现代中国文学、电影市场的杨冠穹博士曾指出:

> 几年来,郭敬明和韩寒作为"80后"的先头兵,开始向电影界挺进。2013年,郭敬明亲自捉刀,将他的人气小说《小时代》系列拍成电影,第一、二部几乎同时

上映，第三部于次年上映。截至2014年8月5日，三部电影合计取得了超过230亿日元的优秀票房成绩。文化通信社发表的《年度电影票房排名TOP10》数据显示，2013年位列日本电影票房收入第一名的是《起风了》，票房总数估计为120亿日元。日本经济新闻的网络新闻报道，《小时代3.0》上映第一天，观影人数达350万，创下中国电影的历史新纪录，在中国市场中取代《变形金刚4：绝迹重生》，成为单周最卖座的电影。……基于DATATOPIC公开的微博数据，笔者发现《小时代》系列电影上映五天内，以"小时代"为关键词发表微博的用户有九万人，平均年龄二十岁，且其中八成以上为女性。从地域构成来看，积极参与《小时代》相关话题讨论的观众集中在除北上广以外的城市之中。由此可推知，相较于北上广这样的特大城市，中小城市的女性展现出很强的憧憬电影中大都会生活的倾向。(《"80后"作家进军影视制作与现代中国文化市场——郭敬明的〈小时代〉和韩寒的〈后会无期〉》，《跨界中国文学》，东方书店，2018，626、632页）

郭敬明描绘的上海梦虽然俘获了以女高中生为代表的庞

大年轻群体,但身处作品舞台所在地上海的年轻人似乎对该作的反应并不热烈。

就我个人而言,最为遗憾的是演员在《小时代》中喝的酒都是进口红酒或香槟,中国酒的存在感很低。上海的饮酒风景是如何在近四十年间一步步踏进金光闪闪"小时代"的呢?基于我在上海街角的体验以及对小说、电影的鉴赏,我将在本章中说一说自己的感受。

一、啤酒之都——上海

有关鲁迅的考证及啤酒相关的报纸广告

研究鲁迅（1881—1936）这位在民国（1912—1949）中期活跃的作家，经常需要阅读当时的报纸广告。其原因在于，这一时期的中国杂志会时不时地推迟刊行。

比如鲁迅的第一篇小说《狂人日记》。作品描写了一个疯狂的世界，主人公从害怕自己被大哥吃掉的被害妄想，最终发展成加害妄想，认为大哥不仅吃了5岁的妹妹，自己也在无意中吃了妹妹的肉。这部小说的舞台是延续至民国时期的地主大家族制度下的家庭，当时中国采取的是财产由家中男性兄弟平均分割的继承方式。弟弟之所以会产生要被大哥吃掉的妄想，实际上是害怕自己的财产被大哥侵吞。可以说，这种妄想根植于家族制度下极具现实性的恐惧之中。在吃人社会里，人会产生吃掉他人的想法，同时也会担忧别人是否要把自己吃掉——这是鲁迅在借用狂人的妄想，批判封建体制和儒教思想。迄今为止，这种解读方式在中国和日本学界均得到了普遍认同。

我在很长一段时间里也对此持相同看法，但在执笔写作2002年出版的《鲁迅事典》之际，我重新核实了鲁迅作品的发表年月，竟发掘出了令人意想不到的事实。这部作品刊登在了《新青年》综合杂志的第四卷第五号上，杂志的目录和底页上都写着"1918年5月15日发行"，因而此前学界一直认为《狂人日记》的发表时间是该杂志发行的五月份。然而，依照鲁迅的日记，他赠予好友许寿裳《新青年》第五号杂志的日期是6月17日。鲁迅的弟弟周作人当时跟他同住在北京，周作人的日记也显示是在6月15日"领到第五号《新青年》10册"的。

要说两人在杂志刊行一个多月后才领取杂志、寄送亲友，实在太过奇怪。我猜想是否这本杂志根本没在5月15日发行，于是调查了出版该杂志的上海群益书社在报上登载《新青年》五月号广告的时间，果真在6月11日的上海《申报》上找到了这则广告。当时周作人在北京大学当教授，从1920年开始鲁迅也在该校担任讲师，我确认了《北京大学日刊》的图书馆新书栏，在6月18日这一天的通知中写着"本日新到以下杂志……《新青年》小卷五号二册"。由此几乎可以确定,《新青年》杂志的实际刊行时间,也就是《狂人日记》的发表时间在6月10日之后。

虽说时间上只差了一个月,但出版时间的延迟得到证实后,对《狂人日记》的解读就出现了大不相同的可能性。事实上就在五月份,北京《晨钟报》的《本京新闻》一栏中接二连三地登载了与吃人肉相关的新闻。

五月一日　　　　《痰妇食子奇闻》

五月十九日　　　《孝子割股疗亲》

五月二十六日　　《贤妇割肉奉姑》

五月二十六日　　《贤妇割臂疗夫》

就吃人这件事而言,撇去5月1日疯母食子事件不看,其他三条都是孝子为亲人、贤妇为婆婆、良妻为丈夫割肉令其食用的新闻。值得注意的是,新闻从儒教价值观的角度,称赞了当事人的"孝"和"贤"。对于狂人吃孩子、孝子贤妇割肉让亲人食用这样的新闻,尤其对于后者,媒体竟采取了褒扬的态度。是否可以认为,鲁迅亲眼看到了这一具有冲击性的北京现状,于是写下《狂人日记》呢? 从这个角度也可以证明,《狂人日记》的执笔时间在五月份的可能性很高。

  关于《狂人日记》的详细内容,大家可以参考本人的拙作《鲁迅事典》。不管怎么说,连日去图书馆试图证明"食人之都"和《狂人日记》之间的关系,总让人感到有些郁闷。为了给自己一些调节,我在报上查找鲁迅相关新闻和广告之际,也会关注上面的酒类广告。比方说上海《申报》,在登载了上述《新青年》新刊广告的一年之后,刊登了一则介绍自家啤酒的广告,题为《挪威商人/上海啤酒厂特别广告》。

1919 年的啤酒国际政治学

  敬启者,本工厂建于上海小沙渡地区,十几年来主要酿造上海 UB 牌啤酒,本为德国人经营,现完全由挪威人接手,并招聘著名手艺人进一步精雕细琢。啤酒能强健脾脏、增进食欲,促进补血体液的产生。至于其清爽的口感,更是锦上添花。本啤酒自发售以来,博得了国内外顾客的称赞。[①]

苏州河(吴淞江)在外滩北端与黄浦江合流,从此处沿

---

①未找到新闻原文,此处为译者自译。——译者注

河向西回溯两千米左右便可抵达公共租界南岸，这一带便是小沙渡。利用苏州河的水运，日本公司在这里建立了内外棉的纺织工厂等，成为上海的工业地带。UB 牌的 UB 不知为何意，不过到 90 年代为止，上海啤酒的标签上都有 UB 字样的商标。经营者之所以会从德国人变成挪威人，可能是德国在第一次世界大战（1914—1918）中与管理公共租界的英美两国交战，且中华民国也于 1917 年 8 月向德国宣战的缘故。话说回来，广告中强调了啤酒对脾脏、血液、体液的功效，倒像是一则中药广告。此外，该广告的后半部分反映出了当时紧张的中日关系，这一点也颇具深意。

> 此次上市的新产品，装啤酒的玻璃瓶很久之前便从日本商人处购入，因而无法更换。敬请各位谅解。
>
> 博物院路 17 号上海啤酒批发处

这则上海啤酒厂广告见报的约一个月前，中国爆发了五四运动。第一次世界大战期间，中国以纺织业为中心的民族资本飞速成长，打破军阀割据现状、建设国民国家的呼声在全国范围内日益高涨。中国虽未与德国直接交战，但也属于战胜国。可是，1919 年的巴黎和会却决定将原来德国在山东的特权转给日本，而北洋军阀政府对此未能加以阻止。于是，北京的学生在5月4日发起反日、反军阀的运动，且该运动最终蔓延至全中国。迫于这一新兴知识分子阶级主导的大众运动的压力，北洋军阀政府最终拒绝在《凡尔赛条约》上签字。在五四运动中，中国人展开了抵制日本产品的运动，因而挪威系的啤酒公司不得不就使用日本制造的啤酒瓶一事进行解释：又是声明公司经营方从德国转为挪威，又是解释使用日本啤酒瓶并非公司本意……堪称在租界城市上海特有的"啤酒国际政治学"呀。

北京的化学工业出版社在2003年出版了由康明官编著的《酒文化问答》，书中指出，中国最早的啤酒工厂是1900年俄国商人在哈尔滨设立的"八王子啤酒厂"。1889年，俄国为侵略中国建设东清铁路，选中松花江畔的哈尔滨作为该铁路的基地。到了夏天，这里的气温会飙升至三十度以上，俄国人为了润润自己的喉咙，想来是有必要建起啤酒工厂的。若是酒精度数较高的伏特加，可以通过西伯利亚铁路运送，但度数只有伏特加十分之一左右的啤酒，可能还是在消费地建设工厂更为经济且便于品质管理。

德国从1898年开始将青岛作为其在山东省的侵略基地加以建设，1903年时在这里设立了英国、德国合办的英德酿酒公司，后更名为青岛啤酒厂。据《酒文化问答》所载，最先在上海建造啤酒工厂的是英国商人，1910年时建立斯堪的纳维亚啤酒厂，此后改名为上海啤酒厂。与先前《申报》上的广告对照来看，大概这家上海啤酒厂后来到了德国商人的手中，五四前后又转让给了挪威商人。再后来，1918年法国人开设"国民啤酒厂"，1934年英国商人又开了"怡和啤酒厂"。在上海，就连啤酒都拥有丰富的国际色彩。

1949年中华人民共和国成立后，外资的啤酒工厂全都由共产党接收，"国民"跟"怡和"分别更名为上海酒精厂和上海华光啤酒厂，而上海啤酒厂沿用原名，估计是因为它的厂名里原本就冠有"上海"两字吧。

1979年我在上海读书时喜欢喝的，除了上海啤酒以外，还有上海黑啤。虽说是黑啤，但味道却像是日本黑啤跟普通啤酒对半混合而成，口味偏清淡，喝惯了之后渐渐觉得这才是独特的上海味道。我在金凤燮与稻保幸共著的《中国酒事典》（书物龟鹤社，1991）中重新确认过这款啤酒的制造商，是华光啤酒厂，其前身是民国时期的"怡和"。或许是"怡和"把爱尔兰吉尼斯黑啤的风味融合了进来吧。

啤酒在国际都市上海的命运

可是，20世纪90年代初的时候，黑啤已经从上海餐馆的菜单上消失了，现在即便是在互联网上也搜索不到这个名字。不仅如此，最近连颇有来历的上海啤酒厂都销声匿迹了。90年代，外资啤酒厂纷纷进军上海，国有啤酒工厂几乎都难逃被合并和收购的命运。现在有很多人把力波啤酒当作上海的本地啤酒，其实力波也是外资品牌，属于一家新加坡企业，本书世界篇"新加坡的最佳啤酒"一节中介绍的虎牌啤酒就是该企业的主力产品。

要是在北京，还能品尝到燕京这样的本地啤酒以及长城、王朝、龙徽这三大准北京本地葡萄酒，但上海的啤酒市场，已经被各外资公司席卷。这或许也是上海这座中国最大的国际都市，这座从民国时期一路走来的啤酒之都的宿命吧。

过去，在上海的酒店能拿到免费的日语信息月刊《上海WALKER》，不光是日本人，连上海人都对该杂志好评连连。创立这一月刊的安永博信，就日系啤酒公司进军上海市场一事做出了如下报道。

　　经对消费者喜好的独立市场调研，得出的结论是，年龄在20—30岁之间，每天喝啤酒的年轻人喜欢清爽型啤酒。就我所知,上海的人们与日本人相比,一般都更喜欢爽口的淡味啤酒。基于这一市场调研结果,才有了现在三得利啤酒的清爽口感。(http://www.shwalker.com/japanese/database/maga_200103/economy.htm,链接现已失效)

因而不管是力波还是三得利,虽是外资企业,但都生产起了上海风味的啤酒。就这一点而言,把它们看作现代上海的特色啤酒也不为过。反观上海的啤酒历史,其实也是从民国时期在苏州河沿岸建起的德国啤酒工厂开始的,而这家工厂在不到十年的时间里先后转手给了英国和挪威商人,40年后又成为中国的国有企业。国际风味不正是上海啤酒的特征所在吗?

在我执笔写作本章时,正值堪称上海版米其林指南的《上海餐馆指南》(黄山书社)出版之际,该书问世后一举成为热议话题。书中推荐的餐馆百花齐放,不仅有20世纪30年代时鲁迅也爱去的南京路广东菜馆"新雅"这样的老店铺,还有站在潮流最前端的"新天地"意大利餐馆等。这样一本美食指南,正是大家翘首以待的。该书根据4000位会员通过互联网发布的有关1600家餐馆的共计两万条信息,就菜品、装潢氛围、服务这三个项目进行评分,每项满分40分,此外还标有人均预算并配上了短评。在卷末菜品分类索引的"酒吧"项下,有两家菜品也很美味的啤酒馆。不知这两家店如今是否尚在………下次去上海的时候我计划寻店一探。

二、1979年上海啤酒的下酒菜

从"走走南京路"到"走走淮海路"

我第一次作为中日政府交换生赴华是在1979年9月。在北京语言学院(今北京语言大学)接受一个月的新生培训之后,我坐上了京沪线,只身前往上海。这一年的留学生涯结束后,我在1991年、1995年、1999年,每隔四到五年都会到上海待上一周。2003年3月时我又来到上海,在NHK教育电视节目《视点论点》中,以《跃进上海的光与影》为题道出了我的访沪印象(2004年4月15日播放)。

我在岩波书店出版的拙作《现代中国文化探险》一书中,也通过对上海与北京、香港、台北这些华语圈核心城市的比较研究,考察了上海文化的现状及历史。书中,作为上海探险的第一步,我把个性十足、繁荣成熟的20世纪30年代老上海,跟改革开放十多年后的90年代上海进行了比较,起笔处建议大家"从外滩往南京路走走"。

外滩曾是号称拥有"亿万美金天际线"的老上海门户。具有新文艺复兴风格的七层怡和洋行商会（现为上海市对外贸易总公司），后来成为东京三菱银行（今三菱 UFJ 银行）的横滨正金银行（现为中国工商银行上海分行），拥有三角屋顶、楼高 11 层 72 米、艺术装饰风格的国泰酒店（现为和平饭店北楼），被称为大钟的江海关钟楼（现为上海海关），与其相邻的拥有花岗岩穹顶的香港上海银行上海分行（现为上海浦东发展银行）等厚重的高层建筑鳞次栉比，如今这些建筑都被指定为国家重点文物保护单位了。

而南京路是在国泰酒店南角上与外滩构成 T 字路的大道，在东西方向上穿过英美公共租界，又被称为"大马路"。从外滩到跑马场（今人民公园）之间 1.6 千米的南京路两侧，矗立着永安公司等四大百货的古典主义建筑，即艺术装饰风格的高层建筑。

90 年代以后，一过晚上七点，外滩就会亮起景观灯，给厚重的洋馆建筑群增添了如梦如幻的色彩，与对岸浦东三个红色球体串联起来的东方明珠电视塔、拥有金属质感的摩天金茂大厦等未来都市风光相映成趣，外国游客纷至沓来。一直到 80 年代为止，人们所说的上海，都指的是黄浦江西岸的外滩和南京路,而东岸的浦东地区还是乘汽船才能抵达的农村。此外,南京路的四大百货虽留住了旧时的外观,但90年代时内部装潢全都换成了现代风。1995年地铁开通后,这里成为一条步行街,90年代中期之后,每天仍有众多顾客前来购物。将30年代的黄金时代与90年代的新上海作比较时,我之所以选择"从外滩往南京路走走"这个标题着笔,也是因为注意到了这些街道呈现出的历史多重

保留老上海韵味的外滩。左边三角屋顶起分别是和平饭店北楼、中国银行上海分行、中国工商银行上海分行

高楼林立的浦东(2008年)

性,老上海直接演绎出了新上海。

不过,2004年3月再访上海的时候,旧法租界中上海第二繁华的街道淮海路变化之大,给我留下了很深的印象。因此,本章将带着大家沿淮海路和乌鲁木齐路走一走,聊聊这四分之一个世纪中上海的变化史。乌鲁木齐路连着南京路西

端的地铁2号线静安寺站以及淮海中路西端的地铁1号线常熟路站,我们就把起点定在面临乌鲁木齐路的S宾馆吧。

20世纪70年代——丹麦留学生的"奇术"

我在中国留学之时,"文化大革命"已经结束三年。在我留学的上海复旦大学,负责给留学生上近代文学课的W副教授脸上经常浮现出诒笑。见我写信时会说"藤井,用功",见我读《人民日报》也说"藤井,用功"。不管见着谁,他都是这套话,于是有一天美国学生讥讽地对他说:"W老师,用功",他满脸认真地做出了模范回答:"这是我应该做的。"留学生们听了哄堂大笑。

第二天,与他擦肩而过时,我跟他打招呼叫了声"W老师"。他喊住我说:"我作了一首诗。"然后拿出了自己的古体诗给我看。别说是内容,我现在连这首诗是五言绝句还是七言律诗都记不清了。但当时明显感觉到了诗句背后隐藏的"我是知识分子,怎容留学生诸君轻视"之意。读过之后,我当场直呼"很好,很好"。其实以我现代文学专业的鉴赏力,不在当时刚出版的全四册《辞源》上查查典故,应该是没法当场分出古体诗作之高下的……

此事之后没过多久,有传言称W老师是"四人帮"的文人智囊团"石一歌"写作组的一员。"石一歌"为"十一个"的谐音，是一个由十一位学者组成的写作组，为宣传毛泽东路线还编写了《鲁迅的故事》一书，对鲁迅作品进行了相当歪曲的解读。"文革"结束后，"四人帮"遭到逮捕，"石一歌"也受到批判，据说让W老师负责给傲慢的留学生上课也算是对他的一种惩罚。话说W老师上课的时候，教室最后面总是坐着两个人，自称是来旁听的，看着既不是留学生事务所的教员，也不是事务职员。当时在中国的大学里，课堂讲义需要提前半年交由学校的党委会检查，而碰到老师是原"四人帮"智囊团的，竟还要接受现场监管，留学生们无不感到讶异。站在W老师的立场上来看，肯定不能在课上讲"石一歌"时代的鲁迅论，为了回避中国共产党这一话题，又不能采纳日本、欧美等批判性的鲁迅论。况且当时"文革"结束没多久，外国的研究才开始被引入中国国内。面对一群不了解情况又很难对付的留学生，或许他也无计可施，只能采取点头哈腰的因应之策吧。

我们这群盛气凌人的留学研究生，即便能判断出教授们研究水平的高下，其背后复杂的历史和社会情况终归是无法弄清的，因此才会说出"W老师，用功"这样的讥笑之词。如今回想起来，虽说当时年轻气盛，但确实对老师有失恭敬。

几乎在我留学中国的同时，复旦大学恢复了研究生教育。第一批复学的研究生C为我引见了上海社会科学院的副教授，同时也是一位著名的近代文学研究人员。去这位教授家拜访时，我见其七平方米左右的书房虽说局促了一些，但满满当当都是战前的贵重书籍，藏有茅盾、巴金等大作家的作品。教授不仅让我自由阅读，还请我吃了午饭，是我为期一年的留学生活中最美好的一天，至今历历在目。不过，C因为私下把外国人介绍给校外人员遭到追责，据说几天后被叫到留学生事务所接受了训诫。

在这单调的上海留学生活中，喝酒成了我小小的快乐源泉。我的酒友里有个名叫迪克斯的丹麦人，是围棋初段，后来成为世界职业围棋锦赛的丹麦代表来过日本棋院。另一位芬兰人名叫佩尔蒂，是个在广播中解说中国问题的学者兼记者。还有西德人托马斯，后来又去东京大学留学，围绕《古诗十九首》完成了他的博士论文。

复旦大学地处上海东北部，开往外滩等市中心地区的公交车站位于附近的五角场。在五角场市场的大众食堂里能喝到的，是在本书北京篇"北京啤酒用碗喝"一节中介绍过的"散装啤酒"，要用长勺从装有茶色液体的大桶里舀出来倒进碗里。下酒菜则是油炸花生米。

我们几个留学生在五角场食堂里喝酒的时候，总会引来中国顾客的视线，因为当时在上海碧眼金发和白发的欧美人仍是很罕见的。中国顾客还会把我当成中文翻译，问我都是哪个国家来的人呀，欧洲人也会用筷子吗之类的问题。听到这个问题的佩尔蒂他们，笑盈盈地用中文回答当然会用咯。对方则满脸不可思议地回一句："哟，还会说中国话嘛，很好，很好。我看那丹麦学生是个左撇子，也能握筷子吗？"可能是因为左撇子写汉字不方便，中国孩子在幼儿期的时候就会被父母纠正成右撇子，所以几乎见不到左手握筷子的人。迪克斯说左撇子也没什么不方便的，说罢用筷子稳稳地夹起花生给他们看，众人当即发出一片叫绝之声。一次，中国顾客中有人挑衅说："一趟夹一粒花生米还可以，夹两粒就不行了吧。"迪克斯那张属于维京后裔轮廓很深的脸上浮现出温和的笑容，他答道："问题不大。"中国顾客便说，要是你能左手用筷子顺利夹起两粒的话，我就请你喝碗啤酒。裸灯泡昏暗的灯光下，迪克斯在中国人和留学生的注视中把双胞胎似的两颗花生一齐夹了起来，接着向众人行了一礼，

南京路的步行街

85

在场的人又是拍手又是喝彩，打酒的长勺立马给他倒了满满一碗。

再遇"旧恶"的 70 年代

除了在大众食堂喝啤酒，去日本国驻上海总领事馆读日本报纸是我的另一大消遣，频率约为每月一到两次。领事馆位于乌鲁木齐路和淮海中路的交叉口附近，骑自行车从上海东北部五角场的复旦大学往西南方向斜穿过去大约需要一个半小时，算是小小的运动。领事馆漂亮的两层洋楼是在 1900 年建成的，最早是德国人的宅邸，据说后来清末的洋务派高官盛宣怀（1844—1916）就住在这里。装点着大理石喷泉的草坪庭院打理停当，让人觉得老上海上流阶级奢华的日常生活仿佛就在眼前。令我印象比较深刻的是，洗手间里洋式坐便器旁边还设置了净身器。这座领事馆现在已经成了日本总领事官邸。

此次选择住在 S 宾馆，一个原因是它面对着令我怀念的乌鲁木齐路，另一方面，这里虽号称是 80 年代以中国资本建成的四星级酒店，但在日本旅行社的酒店列表里面是最便宜的一家。入住以后我想确认一下安全出口，于是从六楼房间正前方的楼梯往下走，发现从三楼到地下室的出口全都上了锁。我马上到服务台指出这一情况，但柜台上的男员工似乎不太明白"安全出口"的意思，弄不清状况。接着出来的穿黑西装、酒店经理模样的中年女性，上来把我说了一顿："干吗走楼梯，用电梯就好了。"没想到，刚到这儿就又遇上了上海的旧时光，而且不是"古朴纯良"的 30 年代，而是"古旧恶劣"的 70 年代。

我语重心长地跟他们强调火灾时的安全问题，像是经理的那位女性不耐烦地承诺，知道了，我们会改。她回复的态度实在敷衍，总觉得不太可信，于是一周后我在退房前又去确认了一次，下层的安全出口照旧都锁着。好在离我房间较远的地方还有一个安全出口，走这个楼梯能顺利抵达一楼的停车场。但要是半夜突然起火，估计是没有工夫细想哪个安全出口才是安全的，因而我的逃生概率只有 50%。况且我房门前这个没有出口的"安全出口"似乎很安全地在向我招手，出于对火的巨大恐惧，我可能会直奔这个实则危险的安全出口，逃生概率恐怕就更低了。想到这里就担心得连酒也不敢喝了，从结果来看，此事或许反倒有益于我的健康。回国后，我在旅行社的问卷调查上写下此事，过一阵收到回复，说是已经通过当地旅行社对 S 宾馆进行严肃指导，令其对安全出口做出改善。不管怎样，21 世纪初在中国住宾馆的时候，必得确认好安全逃生通道才是。

三、上海的百乐门传说

上海租界中"冒险家的乐园"

本章是上海文化探险的第二回,在走上淮海路街头之前,我想先介绍一下位于乌鲁木齐路北端的百乐门舞厅七十多年的兴衰史。

乌鲁木齐路是穿过旧租界西部的南北向,战前处于公共租界中的北路叫作地丰路,属于法租界的南路被称作麦琪路(Route Alfread Magy),二者都是1911年开始建设的宽约十米的车道,路两侧为幽静的住宅区。路北侧与南京西路、南侧与淮海路相交,可能是随着共同租界和法租界的不断向西发展,为开发住宅而建起的。

跟乌鲁木齐路清静的住宅区不同,与这条路交叉的南京西路及其北侧的愚园路附近,大理石大厦、犹太人财团的宅邸、电影院等鳞次栉比。其中,愚园路上的百乐门舞厅可说是尽显 30 年代老上海荣华的象征。1932 年建造的百乐门，前临十字路口，建筑中央的最上层是一个艺术装饰风格的尖塔，左右三层的侧翼建筑呈直角，优雅地向后延伸开去。上海当时有超过五十家舞厅，包括白人和日本人在内，舞女有三千人左右，但百乐门才是上海顶尖，不，应该是远东首屈一指的舞厅。采用大量镍、水晶和白色木材进行装饰的舞厅配备有冷暖气系统，可容纳一千人跳舞。据说有一个名叫林信一郎的日本舞者，是百乐门专属的大众情人，倾慕他的上海有闲夫人和摩登小姐们蜂拥而至。"百乐门舞厅"原本是从英语"Paramount Hall"音译过来，有至高独尊的意思。

1937 年时，上海和纽约发行了一本小说形式的指南，名叫《上海——冒险家的乐园》(*Shanghai: the Paradise of Adventurers*，G. E. Miller 著)，该书最后有这样一首诗。

上海……东洋的巴黎！
上海……"失却乡土之人"的故乡！
上海……"逢遭遗弃之人"的天国！
上海……冒险家的乐园！！！

点缀该书后记的这一节诗，可以说代表着全世界对于老上海的些许刻板印象。白人"冒险家"对百乐门有如下评价。

百乐门是上海最大、最高级的舞蹈沙龙,在此能见识中国人和欧美人的社交界,见到东洋和西洋的伪善。跟国际饭店一样,那些被法国俱乐部和上海俱乐部谢绝入内的中国人,会在这里招待欧美友人,有时则是欧美人请中国人。……几乎所有桌边都坐满了人。其中一桌上财政部长许建平正坐在几个欧美人中间。这些欧美人满脸堆笑,对部长说着露骨的恭维话。

其他桌坐着的又是另一群人……百乐门和国际饭店的昨天、今天、明天几乎都是一成不变的光景。大家聚在一起,吃吃、喝喝、跳跳,而请愿、约定、交换条件这样的副产品永远不会缺席。一切都是生意,一切为了金钱。……我们跟百乐门俄国芭蕾舞团的舞女们跳了两三曲之后决定换个场地,去原来做水手的美国老板开的卡巴莱[①]。……外交官和上流社会的人们,为了追求多彩的变化,经常在圣乔治一夜尽欢。

[①]一种包含喜剧、歌曲、舞蹈及话剧等元素的表演场所,观众围绕着餐台用餐和观看表演。——译者注

由此可见，百乐门是中国和欧美上流社会奢华的社交场，甚至还雇用了俄国芭蕾舞团，专属的舞女都是流亡的俄国姑娘。那么，中国作家又是如何描写百乐门的呢？

舞厅在当代中国的命运

作家白先勇（1937— ）从战后的国共内战到中华人民共和国成立期间在上海、香港生活过，15岁时又迁往台湾，他在短篇小说集《台北人》(1971)的《金大班的最后一夜》中写了一个感伤的台湾故事。出生于上海、如今在台北西门町的"夜巴黎"舞厅担任领队舞娘的金兆丽，在四十岁引退前夜怀念逝去的青春和千里外的上海，这位资深舞娘连珠炮似的批判台北童经理的一幕很有意思。

> 我说句你不爱听的话：我金兆丽在上海"百乐门"下海的时候，只怕你童某人连舞厅门槛还没跨过呢……好个没见过世面的赤佬！左一个夜巴黎，右一个夜巴黎。说起来不好听，百乐门里那间厕所只怕比夜巴黎的舞池还宽敞些呢，童得怀那副脸嘴在百乐门掏粪坑未必有他的份。（白先勇：《金大班的最后一夜》）

1949年社会主义中国成立后，上海的舞厅均被关停，连华丽的百乐门也在1954年由共产党接收，于是"金大班"便跟着国民党政权逃到了台北。

共产党接收百乐门之后，将其改装成用来对普通市民做宣传工作的电影院，名叫红都戏院。70年代我在中国留学之时，随着"文革"后中国电影的复苏，红都戏院的生意很是兴隆。我至今仍珍藏着B3纸大小的1978年8月新版《上海市交通图》（上海市测绘处/上海科学技术出版社），展开地图可以看到，乌鲁木齐路和愚园路交叉处的旁边一角上，有一个代表电影院的蓝色放映机标志，还用蓝色墨水印着"红都"二字。且说至少在红都戏院时代，这里的洗手间里最多也就能容下三四对人跳舞。金大班口中的"百乐门里那间厕所只怕比夜巴黎的舞池还宽敞些呢"，想必是她豪迈的吹嘘之词了。

我1991年再访上海时，地图上虽仍有蓝色的"红都"字样，但包括原本华丽的艺术装饰风的尖塔在内，整座建筑都显得灰蒙蒙的，并且大门紧锁，对外宣称是为了进行翻修。大约半年前，这里出了事故，门厅前面的房檐坍塌，致使一名行人死亡。而红都南边的南京西路上，新建起了十二层高的百乐门饭店，大堂里挂着巨幅的舞会广告。我上到建筑最顶层的舞厅，可惜白天里面正在清扫，没能进去一探。我跟像是饭店经理的人打听以前的百乐门，他回答说："那里现在还是电影院，跟我们的舞厅没法比。本店一直营业到凌晨三点，请您务必赏光……"

昔日的百乐门舞厅

1999年时我又去了红都，这时已经恢复百乐门这个旧称，名叫"百乐门戏剧院"，成为兼具电影院、卡拉OK和餐厅功能的综合型娱乐场所。不过，午后时分的百乐门到处都空荡荡的，电影院里只有一对四十多岁的男女，感情很好似的手挽手在看香港功夫片。百乐门的经理苦笑着告诉我，过去的荣华已经成了如梦般的过眼云烟。

在90年代始终没能复兴的百乐门，进入21世纪后，经过台湾实业家的大举改装，在2002年作为一个集传统舞厅和"上海式西餐"于一体的融合餐厅重获了新生。

百乐门烟花之地的记忆

不知是因为老上海"冒险家的乐园"这一形象过于鲜明，还是因为90年代时的新百乐门和21世纪重生后的百乐门都保留了花街柳巷的要素，百乐门总是给人一种危险的印象。

2004年3月访问上海之时，我在上海图书城这个上海最大的书店里见到了一本名叫《上海毒药》的小说。这是一部让人联想到日本作家赤川次郎推理小说的作品，描写的是经营电脑软件公司的三十岁男性企业家与大学毕业后在韩资企业担任项目经理的26岁上海女友，以及六年前从陕西农村来到上海的年轻女性匡小岚之间的三角关系。这位年轻的创业公司老总不满足于女友的家庭第一主义，被漂亮而坚强的农村女性所吸引，甚至提出要与她结婚，可这位女性有着不为人知的黑暗过去。在她的农村老家，父亲喝醉了发酒疯就家暴，最终害死了母亲。见父亲要强奸自己，小岚用野生的药草杀死父亲后逃亡上海。从农村一起带出来的弟弟犯了事被关进监狱，而她为了帮助弟弟，做过卖春的夜总会小姐。

一个白领女性竟让不知底细的农村女人跟自己同住，而年轻企业家也因为这一契机认识了农村出身的小岚。就此看来，这部小说的构成有些过于想当然，但正因如此，上海人眼中的农民形象才被真实地展现了出来：优秀又肯努力的农民，在上海工作上六年，也就能跟上海人对等地谈起恋爱了，只不过他们的过去可能存在一些问题，须得小心才是。看来上海人对于农民既有好意又有不信任，态度非常复杂。

而这位农民女性曾经工作过的夜总会就是百乐门。上海姑娘因为嫉妒两人即将结婚，探听出这一事实后立刻向年轻企业家揭露了情敌的腌臜过往。我们来读一读上海姑娘阴阳怪气向前男友透露这一消息的场面。

"恭喜你找到一个好女人好妻子，"她说得一字一顿，"你的匡小岚曾经是个鸡。"

"你在瞎说什么呀。"

"我还可以再明确地告诉你，你未来的妻子曾经在沪上一家有名的夜总会待过，百乐门夜总会，相信你也知道那是一个盛产鸡婆的地方。"她幸灾乐祸地笑着。

年轻企业家虽感到震惊，但他对匡小岚的爱并没有改变。于是上海姑娘不依不饶地继续展开调查，发现了小岚在农村杀死父亲的罪行。事已至此，被逼入绝境的匡小岚决心杀掉这个上海女人……

《上海——冒险家的乐园》中描写的过去的百乐门是一个高级舞厅，在里面跳舞的只有舞厅专属的俄国芭蕾舞团舞女。有可能出现娼妓的，反倒是主角们续摊时去的原美国水手经营的酒吧——圣乔治。当时的百乐门只是中美上流社会进行华丽社交的场所。而现在复兴后的百乐门，以及南边的百乐门饭店是不是"盛产鸡婆的地方",恕我孤陋寡闻就不得而知了。

尽管如此,既然像《上海毒药》这样的大众小说也会用这般眼光看待百乐门,不难想见对于中国读者来说,很容易产生百乐门即烟花柳巷的联想。百乐门真可谓是将魔都上海的过去跟"白领"之城上海的现在联结起来的娱乐大门。

顺带说一说密勒原著的《上海——冒险家的乐园》,在1937年英文原版书刊行的几乎同一时间,上海三联书店就出版了中文版。该书在1956年又发行了新版,译者包玉珂在序文中明确表示,该版本在某国领事馆职员的英文原稿基础上进行了大量修改,抗日战争时期迁至桂林的三联书店又进行过再版发行。新版书籍在1956年12月时第一版第一次印刷了五万册,改革开放后的1982年,该书第五次印刷的底页上写着发行"130,001-176,000"本,可见这部作品在不断地唤起中国读者对魔都上海的回忆。

四、乌鲁木齐路的文化探险

乌鲁木齐路的民工食堂

前两章我讲述了自己在20世纪70年代留学上海的回忆，以及有关百乐门舞厅的传说。本章我们终于要走上乌鲁木齐路进行文化探险了。

2004年的春天，我走出S宾馆，沿乌鲁木齐路南下，双向四车道的马路两边都是两层建筑，与70年代几乎无异，偶尔能见到一些四五层的中高房屋。多数两层建筑应当是战前建成的，底楼基本都是六尺宽的店面，门口还挂着五金店、药店和茶庄的旧招牌，但实际上不少店已经改卖蔬果和食品杂货了。

早上7点左右，乌鲁木齐路上有几家店已经开门炸油条、蒸馒头了，头戴安全帽的工人站在店门口吃着早饭。约莫11点的时候，简易食堂就开张了，身穿朴素制服的男女员工们，把刚煮好的米饭装进塑料饭盒中,人们可以从几种炒菜和煮菜中选择三四样下饭。食堂侧面的小桌边坐满了戴安全帽、穿工作服的男人,正大口吞咽着五元上下的盒饭。

这种"盒饭"我也吃过好几次,在街上走得肚子空空之时,吃完一整份不在话下。虽说口味偏重且卖相欠佳,但与日本现成的便当相比,能亲眼看着饭菜盛出来,不由得多了几分亲近感。在这类大众食堂工作的员工和前来吃饭的建筑工人从事的是在日本被认为属于"3K"①的劳动,他们多数是从内陆地区农村出来务工的农民,被称作"农民工"。2004年时上海的人口约为1700万,其中300万人是农民工,这些廉价劳动力支撑起了上海的繁荣。上一章中介绍的小说《上海毒药》的女主角匡小岚就是其中的一员。

当时中国出现了"北京速度""上海速度"这样的说法。80年代之后,在改革开放政策的推动下,高速路和摩天大楼接连落成。2008年的北京奥运会和2010年的上海世博会让这两座城市的建设快马加鞭,据说过去需要花三年时间完成的项目,这时三个月就能竣工。由于中国是社会主义国家,土地是公有财产,居民们必须遵从政府的搬迁命令,搬往在

---

① "3K"是日语"きつい(艰苦)"、"汚い(肮脏)"、"危険(危险)"的首字母。——译者注

郊外新建的安置公寓。因而新的开发计划一旦确立，老的住宅区转眼间就会被夷为平地，接着便会有高楼拔地而起。拆房和建房的，也是这些农民工。

2004年时，乌鲁木齐路上还没有展开大规模的重新开发，但还是能看到每个片区里几乎都有一幢房子正在进行小规模的拆除。虽说规模小，现场还是相当凌乱。

世博会前为重新开发，上海街上到处都在施工（2009年）

房屋没有用塑料膜包围住，而是直接进行拆除，工地前面的走道大多堆满了施工用具、拆下的砖块和钢筋等。

S 宾馆前的鞋匠

因此，走在上海的大街上，鞋子是很容易被弄脏的。三月份来上海的时候，我在人行道上不小心一脚踏空摔了一跤，皮鞋被蹭出白白的印子。这时，我想起 S 宾馆前人行道上的修鞋摊，坐在走道上的鞋匠会"欸！"一声，热情招呼着过路行人。

我问那位看着三十五岁上下的鞋匠,擦皮鞋多少钱,他回说两元。于是我在类似浴室小椅子的竹凳上坐下,脱了鞋换上问他借来的拖鞋。鞋匠上来就说:"这双鞋两万日元买的,穿了一年吧?"鞋价被他一击即中,鞋子是两三年前买的,因为穿其他鞋的时候比较多,实际的使用时间可以说是净一年。我正在心里佩服他不愧是专业人士的当口,鞋匠问我来上海出差带了几双鞋子。什么?才一双,又说出差的时候应该带双备用鞋才是。我解释来的时候只带了个登机箱,放不下那么多鞋子。话还没说完,鞋匠突然接嘴道:"你月薪有3万元。"这回不说日元改说人民币了。我正在脑中把3万元换算成日元的时候,他又讲了起来:"跟东京相比上海的路不好走吧,后跟都磨成这样了,我帮您补一补,行吧?"从汇率换算一下被拉回路况问题上,我当下大概是答了句"嗯,是,到处都在施工嘛",结果鞋匠好像就等你这句话似的打磨起了皮鞋的后跟。我一时不敢相信自己的眼睛,顿了一会儿大喊,这么弄鞋就穿不了了!他手中刻刀模样的小刀说时迟那时快,已经伸到了一只鞋的后跟上,只听唰唰几声,鞋底就被磨平了。鞋匠自信满满地告诉我,这种材料是意大利产的,包你穿两年没事。说着把橡胶板衬在鞋底上,先用小刀刻出了鞋跟的形状又涂上胶水,接着把鞋翻过来鞋底朝上套在铁质的台子上,用锤子砰砰敲了起来。来,穿穿看,说着单把一只鞋递给我,还狮子大开口问我要450元的修理费。

这时候我才回过神,擦鞋两元的价格是跟他确认过的,但鞋匠巧妙的话术把我带跑了,修鞋的费用根本没跟他谈好。把我没带备用鞋子、月薪3万元等个人信息全都确认过的鞋匠还说,在东京修得花600元,顺势夸耀起自己掌握的信息之全。我反驳到,没那么贵,拿到商场皮鞋柜台的话,他们会送回工厂里,7000日元就能把鞋底整个换掉。但鞋匠毫不示弱,什么嘛,那不是我修得又快又便宜呀。跟他持续谈判了10分钟,眼看着就要到我跟别人约好见面的时间了。这时,我想起刚才骑摩托的警察来问鞋匠收过一天五元的路边摆摊费,于是说:"那我们去宾馆前台商量商量,拖鞋我就先穿去了哟。"我站起身来。鞋匠见状说:"别走呀,你是我朋友,给你打个折300元。"我看他让了价便也妥协了,权当是"文化探险"的路费了。

闲谈中鞋匠夸口自己月入一万元。我吃了一惊,当时大学毕业生的入职薪水才两三千元,他解释自己每天风吹雨打,能赚到这些是很自然的事。要是一天能逮到一个像我这样稀里糊涂的顾客,估计月入一万也不是什么难事。后来,在我回国之前的几天里,每天早上从宾馆出来都会跟鞋匠早上好、路上小心地互致问候。为了这个朋友的"名誉",我在此多说一句,这双鞋至今又穿了半年,鞋跟没出过什么问题。

好不容易开始南下乌鲁木齐路了,却被鞋匠拖住了腿脚,我们抓紧往前走吧。沿乌鲁木齐路继续往南走到淮海中路,就到了我留学生时期每月骑车去看日文报的日本总领事馆,虽说此时馆外的牌子已经变成总领事官邸,但建筑本身还保持着往日的模样。再往前数两幢就是美国总领事馆,这栋和日本总领事官邸一样神气的洋馆,是战前建立丰田纺织,在上海开设工厂的丰田佐吉的旧邸。丰田佐吉就是今天丰田集团的创始人。

乌鲁木齐路上不光存有70年代的面貌,连能够追溯到20世纪10—30年代的建筑也都被保留了下来。要说路上有什么新事物,那便是建设中的小规模再开发工地和负责施工的农民工身影了。鞋匠这样的路边摊主虽然会让人联想到70年代末的自由市场,却自称每月收入是大学毕业生的数倍,是农民工的20倍之多。S宾馆附近与长乐路的十字路口处有一家时兴的咖啡厅,意百度(Berardo)咖啡、摩卡咖啡20元一杯,而民工的盒饭一份只要5元。人们的收入与消费水平出现明显差距的现象,或可说是21世纪特有的产物吧。

20世纪80年代上海的金巴利苏打

"文革"后的70年代末,邓小平(1904—1997)积极推进改革开放,从解散人民公社的这一农业政策开始,继而划定深圳等经济特区。不过,将与旧上海租界地区(浦西)隔黄浦江相望的面积达350平方千米(约旧租界11倍)的土地建设成"上海浦东新区"的这个决定,是在1990年4月才做出的。

此后,上海的飞速发展有目共睹,但在此之前的80年代,这里又是怎样的光景呢?是不是像70年代那样,大众食堂里的啤酒得用碗喝呢?……前文我也提到过,自从70年代留学中国以来,上海是我不断重访的城市。但80年代的上海于我完全是一片空白,对于这一时期,我的脑海中浮现不出什么具体的画面。

2004年时,一部记录中国体验的优秀作品赫然出现在我的眼前,题目是《暖心、粗俗、麻烦的中国》(信息中心出版局)。作者麻生晴一郎还是东大国文系学生的时候,上过我的现代中国文学研究课。我给班上一个名叫小O的学生取了个"芳秋兰"的外号,借用的是横光利一的名作《上海》(1932)中神秘女主角的名字。麻生犀利地指出:"芳秋兰和京剧名角梅兰芳有两个字都是一样的。"于是,我顺手送了他一个"Dump

麻生"的外号,所以至今仍对他有印象。

实际上,麻生在 1987 年时曾前往复旦大学学习语言。据说此后直至今天,他不断地踏上往返的旅途,又在东京帮助那些他在中国之旅中认识的中国人。基于自己"粗笨、恼人"却又"暖心"的中国体验,麻生展开了他颇有深度的中国论。

> 不能说中国极好而日本不行,反之亦然。只有一点是明确的,告诉我这个道理的不是日本,而是中国。

能以足够的说服力说出这番话的日本人其实屈指可数,非战前在上海开办内山书店的内山完造这样的人物不可。这一点暂且不论,我们先通过这本书介绍一下麻生所感受到的 80 年代上海。

> 80 年代后期的上海,从整体上看是个极为乏味的城市。这时正处于从清一色的社会主义向市场经济时代转变的过渡期,代表革命中国的革命芭蕾等事物虽然销声匿迹了,但社会主义的流弊依旧积重难返,譬如服务观念的缺乏,不拿顾客当顾客,以及交通和商业的欠发达等。

> 尽管西方文化已涌入国门,但迪斯科、百货商店等土里土气,跟东京比起来落后了不止一点半点。此外,战前租界时代留下的产物,譬如和平饭店这样的建筑物,都像遗骸似的立在原地。革命中国的面貌奄奄一息,而洗练的西方文化气息还尚且稀薄,成了个不伦不类的城市。

真是一派胡言。按说作为中文教授的我定会很想训斥他一番:就因为你不读中国文学就去留学才会得出这么极端的结果。但再看看麻生的经历,可是比读书还难能可贵的呀。他跟复旦大学的女学生认识并交往后,两人最终在乌鲁木齐路北端附近的中层公寓里找个小房间同居了。那可是 80 年代的上海啊!

陈宁跟无趣这两个字完全搭不上边,乍一看是个很有行动力的人,但作为意中人则是个总让人放心不下的野丫头。她的活力着实令我吃惊。就读于中国数一数二的名校理科专业,不仅成绩优异,还几乎每晚都一家店接一家地喝酒、跳舞。她拥有数不清的男性朋友,时尚程度在当时的上海也是大放异彩。不光在学校认真学习,为了将来去美国留学，备考托福也毫不放松。

麻生跟这个让人联想起卫慧《上海宝贝》里的女学生最开始在国际海员俱乐部约会时，据说她点的是金巴利苏打。而十六年后在鲁迅公园附近甜爱路上的咖啡酒吧里与她再见时，麻生为了缅怀往昔，点的也是金巴利苏打。上海苏打的味道是甜还是苦，欲知详情，就去读一读那本书吧。

五、淮海中路的文化探险

华亭伊势丹一带的 90 年代风光

前两章我们讲了上海乌鲁木齐路 70 年代和 80 年代的故事。本章我们将走上淮海路，一口气说说 90 年代至今的淮海路故事。

淮海路全长约 7000 米，是在东西方向上贯穿旧法租界的主干道，分为东路、中路、西路三个路段，数 5000 米的中路路段最长。中路建成于 1901 年，在时间上也比东路、西路早十多年。淮海中路过去叫霞飞路（法语名为 Avenue Joffre），抗日战争时期汪精卫（汪兆铭）受日本扶持的伪政权将其改名为泰山路，战后 1945 年 10 月，国民党为纪念两年前去世的国民政府主席林森，连同现在的东路、西路在内将其统称为林森路。到中华人民共和国建立后，上海市人民政府在 1950 年 5 月 25 日为纪念共产党军队在国共内战淮海战役中取得的胜利,将林森路改称淮海路(许洪新:《从霞飞路到淮海路》,上海社会科学院出版社,2003)。统治者从法国变为汪精卫政权、国民党再到共产党,每一次这条路的名字都会发生变化,就此也能看出它的重要性。

在黄河和长江之间流淌着的河流中,有一条叫作淮河,中国以淮河为界分成南方北方。比方说,淮河以北的城市,到了冬天会有暖气供应,而淮河以南则没有。淮河以北外加海州(今连云港市西南)一带被称为淮海,从上海到西北方淮海中心城市徐州的直线距离约为 500 千米。

1948 年 11 月到 1949 年 1 月,共产党从西北进军淮海、徐州一带,击溃国民党军并拿下长江以北地区,为占领上海开辟了道路。在上海,东西走向的道路多数以城市命名,例如南京路、北京路、福州路等。淮海路的命名,可能是考虑到了淮海战役对于上海的重大意义吧。不过,我手头上刘惠吾编的《上海近代史》(华东师范大学出版社,1985),唐振常主编的《上海史》(上海人民出版社,1989)和高桥孝助、古厩忠夫编的《上海史》(东方书店,1995)等历史书籍上,对于淮海战役都一字未提。而大部头的年表《现代上海大事记》(上海辞书出版社,1996)在 1948 年 11 月 6 日和 1949 年 1 月 10 日的条目上,仅用一两行字记录了战役的开战和胜利。顺便说一下，北京是没有淮海路的。

乌鲁木齐路的北路和中路合在一起不到2000米，中路的南端与淮海中路相交。在这个十字路口往东左转，经地铁常熟路站一直到陕西南路东侧之间的路段长1200米，跟十字路口西边的日本总领事官邸一带相同，都是安静的高级住宅区，街道的样子跟70年代别无二致。

但走过地铁陕西南路站之后，新建成的高楼大厦就多了起来，一过瑞金路，华亭伊势丹便进入了视野。这家日系百货开业于1993年6月，两年后，上海最早的地铁1号线开通，以倒S形将北部的上海站和西南部的莘庄以21500米的地铁线连接起来。这条1号线跟东京从日本桥到银座百货地带的银座线也很相似，全程16站中淮海中路上就有3个站点，分别是常熟路、陕西南路和黄陂南路，是一条优先服务淮海中路的地铁线路。华亭伊势丹所处的位置在陕西、黄陂两站之间，这一带是上海的高档购物街。外资商场的价格虽高但品类齐全，尤其是华亭伊势丹，还引入了跟日本一样的商场服务。比方说，1996年的时候，不管是南京路的本土商场还是北京的欧洲系商场，售货员都会把票开给顾客，让顾客到楼层中央的收款处付款，等顾客返回柜台后拿取收据再将商品交与客人。而伊势丹的销售会拿着顾客的货款或信用卡，替客人来回跑一趟。

华亭伊势丹的前面有一家名叫上岛咖啡的外资咖啡连锁店，我进去探过店。除了吧台前的座位，还有许多空间宽裕的沙发卡座，店内弥漫着类似酒吧的氛围。但可能是因为我进店时还是早晨的缘故，里面多数是独自喝咖啡的顾客。上岛咖啡在地铁开通两年后的1997年进入上海市场，据说如今已在上海市内有几十家分店。我看了看菜单，蓝山咖啡30元，张裕干红的小瓶葡萄酒78元。从乌鲁木齐路步行一小时来到这里，街上的风景从70年代变化成了90年代的风格，咖啡的价格也从20元涨到了30元。除此之外，这家咖啡馆兼酒吧还供应餐食。张裕是山东省烟台产的一款著名葡萄酒，在酒吧氛围的感染之下，我点了这款酒，在店里只尝了半杯，口感饱满柔顺，剩下的酒都带回了酒店。

21世纪的大上海时代广场与芥川龙之介的新天地来访

过了华亭伊势丹沿淮海中路再往东走300米，就到了与重庆路及其上方南北高架路的双十字路口。登上架在重庆路与高架路之间的"口"字形天桥，越过重庆路，穿过高架路，眼前淮海中路的最后一段上突然出现了21世纪的上海绝景。道路左右各两车道，加上中央的共享车道合计五车道。路面不宽不窄正合适，车辆不会堵塞，行人也不至在横穿马路时叫苦不迭。宽绰的人行道掩映在法国梧桐的树荫之下，人行道上给花坛留出的空间也毫不吝啬。淮海中路东端这段大约一千米的道路，被左右两侧林立的中环广场、太平洋百货（2016年关店）、香港新世界大厦、香港广场以及大上海时代广场等富于设计感的高楼包围起来，仿佛形成了一个巨大的长圆形广场。再往前穿过一千米开外淮海中路与西藏南路的十字路口便是淮海东路，而远处如海市蜃楼般漂浮着的，是黄浦江对岸浦东新区的摩天大楼建筑群。

大上海时代广场是在跨入21世纪之初的2000年2月竣工的，还出现在了2001年上映的香港电影《少林足球》的镜头之中，知道的人应该不少。过去响当当的"黄金右脚"因为踢假球被人打断腿，如今这个中年男人一心期望自己能作为教练回归球场。吴孟达出演的这个角色遭到无良老板的作弄，自暴自弃的他大白天手拿罐装啤酒游荡的地方就是大上海时代广场。在这个象征21世纪上海的空间中，他遇到了令人摸不着头脑的青年星哥（周星驰），那时他左右两脚搭在垃圾袋上劈着横叉，正在修炼少林武术。

梦想破灭后在严酷现实面前满足于贫穷生活的男人们，有的肚皮突出、头发稀疏，有的戴着近视眼镜，还有的患上了暴食症。《少林足球》展现了这些中年男人如何在友情、信念、斗志的支撑之下一跃成为足球明星,是一部刻画现代香港梦的杰作。电影中落拓的中年男人和身穿破旧工作服、脚踏破烂运动鞋的星哥,搭配上21世纪上海最尖端的高堂大厦,这样的组合委实令人捧腹。

20世纪90年代,上海华亭伊势丹附近的高楼之间,还留有像国泰电影院这样颇有情趣的30年代建筑,给人一种历史带来的安心感。而21世纪上海的时代广场,四周都被新落成的高楼广厦团团围住,欠缺了些许生机。因此,或许是为了演绎出历史的厚重感,太平洋百货后方重新开发出了一片新天地。

19世纪60年代的时候,上海出现了名叫"里弄"的集体住宅,由于入口周围使用石材,因而被称为"石库门"。石库门住宅是将中央有庭院,以砖块和灰泥建成的传统江南住宅和19世纪英国劳动者集体住宅折中融合后建造而成的。新天地附近的两层石库门里弄,应当是在1901年淮海中路竣工后建造的。

1921年6月来访上海的芥川龙之介,拜访了社会主义者李人杰(本名李汉俊,字人杰,1890—1927)位于新天地的宅邸。曾在东京帝国大学求学的李人杰,当时在上海已经是能够"代表'年轻中国'的一员"了。对于李家的客厅，芥川是这么描写的："一张长方形的桌子，两三把洋式椅子，桌上摆着盘子。陶制的用来盛放水果……除了这一对自然的笨拙模仿之外，别无其他悦目的装饰。但室内不见尘埃，充满素净之气，甚感愉快。"

新天地旁的中共一大会址纪念馆

从这间客厅到二楼的书房似乎没有楼梯相连，芥川写道："我所在的客厅中，从二楼通下一把梯子，就落在房间的墙角处。因而从梯子上下来的时候，客人先看到的是主人的脚。最先进入我视野的，是李人杰的中国鞋。"这一段描写着实很有意趣。

国泰电影院（2009年）

事实上，正是在这间客厅里，两个月后的7月23日，包括毛泽东、周佛海和李人杰自己在内的中国各地代表12人以及共产国际派来的马林等人聚集起来，召开了正式成立中国共产党的第一次全国代表大会。李家现在位于新天地的入口附近，作为中共一大会址的纪念馆被保留至今，在馆内还能参观芥川曾生动描写的充满"素净之气"的客厅。

新天地活用了这些具有历史感的"石库门里弄"住宅群，在2001至2002年间进行大规模改装后建成翻新区。这里汇集着潮流的酒吧、咖啡厅和时装店，从日本料理到意大利餐厅，世界各地的高级美食应有尽有。连香港和台湾的旅行团都会举着小旗前来一游。

上海的"白领阶层"和《少林足球》

就此，我以乌鲁木齐路的S宾馆为起点向南出发，在淮海中路向东左转来到大上海时代广场，全程8000米，步行两小时有余，花了三章的篇幅进行记录。若是你能从街道的面貌中体味到上海从上世纪70年代到21世纪的变化，这便算得上是一趟不虚此行的小小"文化探险"了。前文提到过，我在拙作《现代中国文化探险》中有关上海的章节中曾建议大家，若想把让这座城市获得自身个性的繁荣成熟的20世纪30年代老上海和改革开放后90年代的上海进行比较，可以走一走从外滩到南京路的这段T字路。将来，若是这本书还有发行修订版的机会，我一定会在这段T字路的基础上外加一段 L 字路线：从南京西路出发，经愚园路百乐门，左转走上乌鲁木齐路并南下，再左转进入淮海中路，最后回到外滩。

香港系高级购物商场"大上海时代广场"

大上海时代广场前来来往往的，都是上海的精英白领阶层和时髦的游客，几乎见不到《少林足球》里那样落魄的中年人。但如果从广场东南角的柳林路往南边一拐，就能看到路上停放着堆满废纸箱和旧椅子的三轮车。

停在大上海时代广场旁边的废品回收车（2004 年）

我在拙作《中国电影：百年描绘，百年阅读》的香港电影一章中介绍过，据《广州日报》报道，《少林足球》虽与大陆电影公司共同制作，但由于未经审查便在香港"违规上映"，或将受到中国广电总局的处分。此外，报道中还感叹，可惜的是在经济快速发展过程中掉队的，中国恐怕也有几亿人……看到废品回收车停在时代广场外墙上时尚的连卡佛 Lane Crawford 招牌下方，对于上海民工和失业群体的担忧在我心头久久挥之不去。

地方篇

地方篇

小引

众所周知,中国地大物博,人口众多。要想遍看全中国四十年来的变迁可谓落落难合。但若是小说家,尤其是魔幻现实主义的鬼才,或许能办到此事也未可知。这位令人敬畏的作家就是阎连科(1958—),他创作的魔幻小说题为《炸裂志》。这里援引一段此前我对该书所作的书评。

中国的地方志是记录该地自然地理、人文地理、经济地理的全史,唐代以来已有一千两百年的历史。因此,《炸裂志》应当是一部炸裂地方的全史,但主笔者却在序文里坦言自己是被巨额报酬俘获才接下编纂工作的。这可是如今举世瞩目的鬼才阎连科呀,我怀着不可思议的心情继续读下去。书中讲述了一段令人惊异的三十年巨变史,一个人口数百的山村,乘着1980年左右改革开放经济的浪潮,转眼间发展成可与上海匹敌的超级大都市。

炸裂村里有孔、朱、程三大宗族,孔朱两族在"文化大革命"期间发生过派系斗争。改革开放时期,类似小诸葛孔明的青年孔明亮带领村里人在后山梁的铁道上扒火车偷卸货物,而前村长的女儿朱颖到广州做了娼妇,没多久就开起一家豪华的夜总会。两人从父母那一代开始便相互仇视,但在老天的旨意之下结成夫妇,偏偏程氏一族的女儿程菁又来插足二人的婚姻。

炸裂由村到县,由县又升格为市,在此过程中,贿赂的规模和声色计谋之巧都有了巨大的飞跃。炸裂就如其名称一般,迎来爆炸性发展的同时,也因此走向家族和地域的分崩离析。朱颖用荒唐离奇的方法为父亲复了仇,却没能让孔明亮全心全意做自己的男人,她最后的结局令人瞠目结舌。孔明亮的弟弟孔明耀从军队退役之后,召集复员军人在山中建立了一个以连为基础的水军与美军对抗,他的这种爱国主义也令人发怵。

我认识的现实世界里的中国百姓诚实安分,大体上都过着安稳的日常生活。但如今北京的蓝天因为雾霾(PM 2.5)变成灰色,又听说去年超过41万的共产党员因违纪受到处罚等新闻,不禁让我觉得《炸裂志》是一部浓缩现代中国之问题的宏大寓言。可以说,这正是

阎连科式魔幻现实主义的真正价值所在。(《公明新闻》,2017年2月26日)

随着经济的惊人发展,炸裂这个地方形成了娱乐一条街,全国各地的漂亮姑娘蜂拥而至,在这里做陪酒女。她们接待着来自国内外的顾客,从前村长到参加过越南战争的美国投资家们,声色欢愉在这里不分昼夜地上演着,其高潮应当是接待审查炸裂升直辖市的调研组这一幕。

> 他们在说这话时,是在市府园餐厅的会客室,天食美味结束后,只还有调研组的人物们和市政府的几个要人留在餐厅旁的会客厅,大家每人面前摆了一个木盆子,每个盆子里都倒了七八瓶的茅台酒,用酒泡着脚,屋里飘荡满了茅台酒的酱香味,还有那些千里挑一的姑娘给他们按摩着。当给调研组长按摩至恰到妙处时,他朝身边的市长看了看,神秘地笑笑说了这番话,然后两只六十岁的脚,在茅台酒里对搓着,说我从来没有用酒泡过脚,这用酒泡脚让我的脚趾都有些酥麻了。(阎连科《炸裂志》)

茅台被称作"中国国酒",跟苏格兰威士忌、干邑白兰地合称世界三大名酒,是名酒中的佼佼者。用七瓶茅台酒灌满木桶,再把双脚浸在里面享受按摩,这岂非惊天动地的大事件?!我甚至担心阎连科会不会因此被全中国的白酒党非难。此外我还作了一番想象,白酒党的终极梦想估计是泡个茅台澡吧?

我将在本篇中谈一谈鲁迅在约 100 年前是如何品尝故乡的绍兴酒,2012 年获诺贝尔文学奖的莫言(1955—)又是怎样描写故乡高密的白酒的,叙述方式将不带半点魔幻,全然从我的自身体验出发。

一、鲁迅怎么喝绍兴酒

短篇小说《在酒楼上》

中国文明也是酒的文明。六千年前的大汶口文化遗迹中曾出土高60厘米的酒瓮,三千五百年前的河南省殷墟中挖掘出了大规模的酿酒场。秦朝末期的公元前206年,争霸天下的项羽和刘邦在鸿门相见,刘邦的武将樊哙为防止沛公遭到暗杀挺身而出。他在宴席上吞下生猪肉,喝干一斗酒并答说:"臣死且不避,卮酒安足辞",项羽叹其为"壮士"。若是没有这一幕,中国历史的走向恐怕就全然不同了。

诚如李白有诗云:"两人对酌山花开,一杯一杯复一杯。我醉欲眠卿且去,明朝有意抱琴来。"(《山中与幽人对酌》)。没有了酒,唐诗便不成唐诗了。此外,酒与中国现代文学也有很深的渊源。鲁迅的出生地绍兴盛产名酒,他尤其钟爱。读了李白的这首诗,我禁不住想对他说:鲁迅先生,再来一杯!

中国酒大体上可以分为酿造酒和蒸馏酒两大系统,用酒曲使谷物糖化后酿造出来的酒被称为黄酒,也叫老酒,与鲁迅有不解之缘的绍兴酒就是其中的代表。读者若是想一窥深奥的中国酒世界,可以参考酒博士花井四郎倾其所学写成的《黄土中诞生的酒》(东方书店,1992)。

鲁迅在1924年发表的小说中,有一部短篇叫作《在酒楼上》。叙述者"我"因为十年前在S市当过一年的教员,便从北方回乡之时顺道作了停留。但寻访的几个过去的同事已经悉数离开,无事可做之际他独自去了过去熟识的酒楼一石居,走上二层,一边欣赏楼下废园的雪景,一边喝起了绍兴酒。这时,学生时代的朋友、教员时代的同事吕纬甫偶然出现在了眼前。吕也已经离开S市往北方去,在济南待过,又到了太原,如今在同乡家里教书谋生。令人震惊的是,他现在教授的教科书,竟是其在青年时代批作丑恶传统之元凶的儒家经典——《诗经》《孟子》《女儿经》等。

两人的学生时代正值清朝末期的20世纪之初,当时的青年们应当进行过热烈的讨论:为了反抗帝国主义侵略,必先推翻清朝。已经受过民主主义和社会主义洗礼的他们,想必严厉地批判过儒教这一将清朝统治正当化的理论支柱。因此,辛亥革命（1911）爆发之际，或许是为了给亚洲最早的共和国即中华民国的建设献出一分力量，两人来到S市的中学抑或是师范学校执起教鞭。

面对辛亥革命，清朝将北洋军阀的统帅袁世凯（1859—1916）任命为五个月前刚设立的内阁总理大臣，令其与革命势力相抗。南北的军事力量旗鼓相当，内战因此进入胶着状态。其后，孙中山、袁世凯通过电报进行南北谈判，作为清帝在二月退位的交换条件，由袁世凯就任临时大总统。不久，袁世凯践踏革命果实，解散国会并废除宪法，在1916年时复辟帝制，自己坐上皇帝的宝座。但由于各地的反袁斗争声势浩大，帝制仅仅维持了83天便被取消，他本人也于6月猝然离世。袁死后，北洋军阀分裂成段祺瑞的安徽派、冯国璋的直隶派和张作霖的奉天派，展开了就首都北京的争夺战。此外，南方的非北洋系诸军阀以拥护宪法为口实，向中央政府举起反旗，各军阀纷纷建立独立政权，此后中国经历了十余年的分裂期。

鲁迅在东京留学期间加入了革命团体光复会，回国后在绍兴迎接辛亥革命之际带领学生武装队作为城内警备将革命军迎入城中。此外，他还被革命政府任命为绍兴师范学堂的校长，与其好友范爱农（1883—1912）为新的教育体制忘我工作。但绍兴的军政府迅速腐败，学生对此进行批判的报纸也被没收。没过多久，鲁迅作为教育部的官僚受召前往首都，就此离开家乡。之后绍兴发生了范爱农被逐出师范学校并溺水身亡的事件，可能是革命失败带来的绝望让范爱农最终选择了自杀。

《在酒楼上》这部小说，讲的就是辛亥革命的梦想破灭后两个男人于故乡重逢的故事。

鲁迅对国民革命的疏离感

在酒楼上酒过三巡之后，吕纬甫说起自己此次回乡的目的。一个是受老母亲所托，把三岁去世的弟弟的遗体挖出来迁葬到父亲的坟旁，但掘开圹穴发现别说是弟弟的骨骼和衣服，连头发都踪影全无。第二个目的还是应了母亲的要求，给邻居船户的大女儿送去她想要却因在S市买不到而大哭的剪绒花发饰。女孩十多岁时母亲死于结核病，之后勤劳善良的女孩一直照看着父亲和弟弟妹妹。但吕来到船户家时，发现女孩竟然已于去年春天因结核病去世……

倾听着吕纬甫的寂寥话语，天色渐黑还下起雪来，到了两人分别的时刻。"我"问吕："那么，你以后豫备怎么办呢？"他回答："以后？——我不知道。你看我们那时豫想的事可有一件如意？我现在什么也不知道，连明天怎样也不知道，连后一分……"在辛亥革命遭到挫折的背景之下，见到弟弟遗体的消失，又听闻过往熟人之女的死亡，再加上两人不断重复的"无聊"这个词汇等，整部作品弥漫着深深的绝望感。

《在酒楼上》发表之时，中国实际上正处于从文学革命（1917）到五四运动（1919）、京汉铁路工人大罢工（1923）、五卅运动（1925）等政治运动的活跃期。以新文化运动为契机，堪称护法运动的国民革命正在孕育之中。与周恩来（1898—1976）和邓小平（1904—1997）同侪的革命家，也是中国共产党领导人的郑超麟（1901—1998）对当时的情况做出了如下回忆。

> 一九二四年秋天，大家都觉得中国是在一个革命或一个大运动前夜……一方面，从袁世凯传下来的北洋军阀统治已经衰落，分裂，眼看不能支持下去了；他方面出现了中国前古未有的一种新势力：近代无产阶级……更重要的是中国已经有了无产阶级政党。中国共产党不仅领导无产阶级的经济斗争，而且领导全国一般民众的斗争，而且参加和发动民族的民主的斗争。（郑超麟：《初期中国共产党群像：托派郑超麟回忆录》）

青年革命家们如此热情高涨之时，为何上一代的鲁迅会写下《在酒楼上》这样色调灰暗的小说呢？其中不仅包含了鲁迅眼见辛亥革命失败的体验，也体现出了他对共产主义革命抱持的危机感。鲁迅在当时虽同属左翼，但对于俄国革命（1917）后在世界范围内风起云涌的共产主义革命，他所持的是批判立场。说得具体一些，他与批判俄国革命为不应有之革命的英国人伯特兰·罗素（1872—1970）以及日本人大杉荣（1885—1923）等自由主义者和无政府主义者是有同感的。

在左翼运动如火如荼的20世纪20年代的日本，芥川龙之介于1927年留下"对于我的未来感到茫然不安"（《寄给某个旧友的手记》）这样的讯息后结束了自己的生命。芥川死后的昭和史，是一部在金融恐慌（1927）、大萧条（1929）的时代背景之下，马克思主义、布尔什维主义在日本兴盛一时而后被摧毁的历史，也是日本发动九一八事变（1931）和太平洋战争后国家本身走向灭亡的历史。围绕昭和战前时期的精神史，法国文学家渡边一民指出：

> 在我国国家层面的排他主义暴露出来之前，首先在思想和文学领域出现了马克思主义的绝对化倾向，20世纪30年代前半期就已经进入站在特定立场上进行严苛统

治的不宽容时代……左翼夯实的土壤，继而在 30 年代后半期成为日本主义活跃的舞台。（渡边一民：《林达夫及其时代》，岩波书店，1988）

渡边指出，像法国安德烈·纪德（1869—1951）所说的"在自发与过去思想的对决中一步一个脚印逐渐左倾"的过程"在 20 世纪 30 年代的日本是做不到的"。芥川的自杀，或许就是出于他对笼罩昭和战前时期的全体主义的不安。且芥川和鲁迅是中日两国同时代的作家，对彼此的评价都很高。

喝五斤绍兴酒

关于这一点，我在拙作《鲁迅事典》和《鲁迅与日本文学——从漱石、鸥外到清张、春树》（东京大学出版会，2015）中做过陈述，此处就不展开了。本章要关注的，是两个落魄中年男人在 S 市酒楼重逢后是怎么喝绍兴酒的。首先，S 市的原型不言而喻，自然是绍兴市，鲁迅时代常用的威妥玛拼音写作 Shaoshing，现在的拼音则是 Shaoxing。

这个历史悠久的古城盛产大米，明清时期运河贸易十分繁荣，浙江省绍兴沿袭传统，参加科举者众多，及第之人辈出。科举是选拔官员的资格考试，清代时主要分为三个阶段。

通过童试后成为具备参加科考资格的秀才；乡试是科举的第一场考试，每三年在各省省城举行一次，合格后成为举人；通过在北京举行的会试、殿试等最终考核者即为进士。并且，三个阶段之中各有两到四轮的考试。比方说童试，又涵盖县试、府试、院试，而乡试的合格率在1%前后，100万个秀才中最终能够成为进士的，估计只有300人。因此，秀才等读书人很多都做了高级官员的秘书。

进士及第做上高官之后，会被派往出身省以外的地方担任县令，这时正妻被留在故乡守宅护田，县令会带着二夫人、佣人、厨子以及同乡秘书前去赴任。明清时期，中国县令的秘书被称为幕友或师爷，绍兴出身的秘书则被人们特别唤作"绍兴师爷"。吕纬甫做家庭教师的那家同乡人，估计主人就是前往地方就任的高级官员。幅员辽阔的中国被划分成了约两千个县级行政区，每个县都说着各自的方言。县的人口规模为数十万，相当于日本郡一级的行政单位。

绍兴鲁迅出生地附近，现作为鲁迅故里被保存下来并向大众开放。区域内有纪念馆、三味书屋、百草园等（2009年）

"我"在S市虽没见到任何一位过去的同事，熟识的酒楼倒还在，于是为了消遣无聊，"我"跨上走熟的扶梯来到二楼，点了一斤绍兴酒和十个油豆腐，还不忘跟十年前一样叮嘱店员"辣酱要多！"。油豆腐是豆腐脱水变为豆腐干后油炸而成的，点上辣酱就是一道不错的下酒菜。一斤大约500毫升，而绍兴酒的酒精度数跟日本清酒基本相同，都在18度前后，相当于"我"一口气点了三合①左右的日本酒，估计是准备今天独自一人喝个畅快吧。就我个人的经验而言，现代中国人一般是半斤起喝的，约莫大一些饭碗装满的量。

接着，旧时的朋友吕纬甫偶然间加入，于是"我"又点了茴香豆、冻肉、青鱼干等下酒菜。每个菜似乎都很美味，此外还追加了两斤绍兴酒。为了庆祝时隔十年的重逢准备大喝一场的"我"，听吕纬甫说着故事又添了两斤。这么一来两人竟喝了五斤绍兴酒。

不知对于鲁迅来说，时代的艰辛是不是已经到了非让作品中与他同辈的登场人物也喝大不可的程度，还是说中华民国时期的绍兴酒楼，表面说是一斤酒，实际上酒时多少会有些短斤缺两？话说回来，鲁迅自己是如何喝酒的呢？且留到下一节再分说吧。

---

① "合"为日本传统计量系统尺贯法的体积单位，按尺贯法换算，一合约为180毫升。——译者注

二、鲁迅与绍兴酒

贫穷读书人与鲁镇的酒店

在鲁迅的作品中,《孔乙己》与《阿Q正传》《故乡》一样,都是在日本广受喜爱的小说。该小说的舞台是鲁镇的酒馆,时间是距离创作约20年前的清朝末期,也就是1899年前后。从12岁开始在这家酒店专管温酒的叙述者"我",说出了自己对不时来柜台前站着喝酒的穷书生孔乙己的回忆。

孔乙己是个读书人,身穿至脚踝的长衫也称长衣,在科举的资格考试阶段多次落第,连秀才都没当上。原本靠替人抄书换一碗饭吃,但由于好喝酒,会把主家的书、笔、砚卖了换钱,最终因为到举人家偷东西被打断了腿。一天,孔乙己用双手撑着来到酒店门口,店主冷冷地取笑他,告诉他还欠着钱呢,腿被打断了肯定是又偷东西了,但"我"却麻利地温了酒给他。自此以后,"我到现在终于没有见——大约孔乙己的确死了",叙述者的回忆到此结束。

孔乙己仅仅是在打扮上装作一个读书人。为了表明自己不从事体力劳动,他把指甲留长,但他的长衣破破烂烂,看着有十多年没补也没洗过。他终究是没法像阔绰的主顾那样,走到店铺里面漂亮的房间中,坐在椅子上点了鱼肉菜肴佐酒的。因此,他只能站在酒店前的柜台边,混在穿短衣的工人和农民中间,就着便宜的茴香豆喝酒。

在当时的中国,处于统治阶级的地主、读书人等长衣帮与被统治阶级的农民和工人等短衣帮之间存在着巨大的隔阂。在柜外喝酒的短衣帮,把奚落从长衣帮跌落下来的孔乙己当作自己的下酒菜。不过,活版印刷在19世纪末的中国还未得到普及,在小城里要买到新书恐怕是很困难的,多数都需要手抄书籍。所以,擅长书写的孔乙己能找到为地主们抄书的工作糊口,再用赚到的钱喝上一杯。

此外,这部作品的发生地鲁镇,继《孔乙己》之后又在《明天》《风波》《祝福》三作中登场,其原型可能就是绍兴。而且除《孔乙己》之外,《明天》《风波》中也出现过咸亨酒店,据说绍兴过去确实有过一家同名的酒馆。根据比鲁迅小四岁的弟弟周作人(1885—1967)的回忆,咸亨酒店1894年左右由鲁迅的亲戚开在绍兴城内鲁迅家附近的东昌坊,不到两三年就关门了。鲁迅根据自己少年时代的记忆,在《孔乙己》中复原了这家短命的酒店。"咸亨"取的是万事亨通之意。

窃书不能算偷

《孔乙己》开头大家拿穷读书人消遣起哄的喝酒场面,鲁迅的描写着实精湛。此处我特地引用了《新青年》杂志上初次刊载的原文,而非《鲁迅全集》上的版本。

> 孔乙己一到店,所有喝酒的人便都看着他笑,有的叫道,"孔乙己,你脸上又添上新伤疤了!"他不回答,对柜里说,"温两碗酒,要一碟茴香豆。"便排出九文大钱。他们又故意的高声嚷道,"你一定又偷了人家的东西了!"孔乙己睁大眼睛说,"你怎么这样凭空污人清白……""什么清白?我前天亲眼见你偷了何家的书,吊着打。"孔乙己便涨红了脸,额上的青筋条条绽出,争辩道,"窃书不能算偷……窃书!……读书人的事,能筭偷么?"接连便是难懂的话,什么"君子固穷",什么"者乎"之类,引得众人都哄笑起来:店内外充满了快活的空气。

"窃书!……"后面的这一句,登载在《新青年》上的是

"窃书！……读书人的事，能笔偷么？"。后来单行本《呐喊》发行的时候，加点部分改成了"能算偷么？"，成了"能说是偷吗"的意思，而"能笔偷么？（能写成偷吗）"与读书人能读会写的原意是相互呼应的。

"君子固穷"出自《论语·卫灵公》，为谋官职与弟子们一同四处流浪的孔子受到楚国的聘请正准备出发时，被陈、蔡两国的暴徒所围，进退两难。见此逆境，子路愤愤不平地发问："君子亦有穷乎？"孔子悠然答道："君子固穷，小人穷斯滥矣。"成就一则美谈。没有工作又遭人鞭打的孔乙己将自己喻为古代圣人孔子，说出

从上至下分别为绍兴大道、钢笔刻字店（1979年）

从上至下分别为绍兴的鲁迅电影院、路边理发店（1980年）

了这一充满哀情的名句。其后的"者乎",用在古文的句末,表示反问。

而孔乙己这个名字,原本也是因为他姓孔,别人就照着描红纸开头一句"上大人孔乙己"替他取下了这个绰号。关于孔乙己喜用古文的癖好,鲁迅研究者丸尾常喜指出如下内容。

> 孔乙己被逼得越紧,就越说不出口语来,此时便会使用文言文。他处在自己用文言文构建起来的观念世界时才是自由的。而且,他的观念世界与现实中跟民众共有的日常世界之间根本不存在沟通的渠道。另一方面对于民众来说,孔乙己只有通过科举考试才能算是权威的存在,他脑中的知识本身是没有任何权威性可言的。(丸尾常喜:《"人"与"鬼"的纠葛:鲁迅小说浅析》,岩波书店,1993)

此外丸尾还写道,"鲁迅认为,中国大多数人到表达自身思想和情感的时候,表情传意的文字就被剥夺了,仿佛成了一个'无声'的国度……通过对孔乙己的描写,精确地传达出了中国的传统文化、传统思想中存在的重大难点"。

实际上,故事篇末孔乙己被打断腿最后一次来酒店后,便从叙述者"我"的面前消失了。从他被传统的固定观念所束缚，缺乏自我意识和主体性这一点上来看，孔乙己可以说是无名百姓阿Q的读书人版本。把原本悲剧性的主题写成一篇充满哀情的短篇小说，可见鲁迅笔力之雄厚。引得读者对孔乙己心生怜悯的，是前文引用的酒店外的愉快场景。鲁迅让孔乙己说出"君子固穷"和"者乎"这样的话，在短衣帮客人面前硬起头皮维护自己最低限度的自尊心。通过他的这种辩论术，鲁迅令我们这些现代的日本读者也真真切切地领略了19世纪末开在中国小城一隅的酒店氛围。

鲁迅怎么喝酒

咸亨酒店是在鲁迅十三岁左右时开业的，估计他未曾光顾过这里，但是在好奇心的驱使下应该观察过它。《孔乙己》中十二岁的叙述者"我"，可能是少年鲁迅自身的投影。为了让鲁迅父亲通过科举考试，祖父行贿坐了七年牢，接着鲁迅的父亲又染上重病，少年鲁迅因此过上了频繁出入当铺和药房的生活，而这时的他只有十三岁。所以，即便他识字，最多也只能做做温酒的工作。同时，像孔乙己这样落魄读书人的遭遇，与少年鲁迅自己也并非浑然无关。

既然《孔乙己》的舞台鲁镇以绍兴为原型，而咸亨酒店

从上至下分别为沿湖而晒的稻穗、笔者于绍兴船上（1980年）

又开在鲁迅家附近，那么孔乙己让店员"温两碗酒"，说的肯定是我之前介绍过的能够代表中国的名酒——绍兴酒。且鲁迅援笔写作小说《孔乙己》时，成人之后在酒店喝酒的体验应当也给他提供了重要的素材。那么，鲁迅本人是个爱酒之人吗？

在弟弟周作人的记忆中，"鲁迅的酒量不大，可是喜欢喝几杯，特别是与朋友对谈的时候"。同乡许寿裳（1883—1948）从东京留学时期开始与鲁迅成为毕生好友，据他回忆，"（鲁迅）不敢多喝酒，因为他的父亲曾有酒脾气，所以他自己很有节制……"以鲁迅爱人的身份在他晚年共度上海时光的许广平（1898—1968）表示，鲁迅以父亲的酒脾气为诫，"饮到差不多的时候，他自己就紧缩起来，无论如何劝进是无效的。但是在不高兴的时候，也会放任多饮些……"。且根据鲁迅居上海期间的爱徒——女作家萧红（1911—1942）的回忆，"鲁迅先生喜欢吃一点酒，但是不多吃，吃半小碗或一碗。鲁迅先生吃的是中国酒，多半是花雕。"花雕是一种绍兴酒，一碗的量是半斤250毫升。晚年鲁迅的酒量是孔乙己的一半到四分之一。

话虽如此，鲁迅似乎也会罕见地放纵一下。1925年6月端午时节的一个周日，居于北京的鲁迅在家中宴请了许广平和她的女学生朋友五人，好像在酒席上恶作剧似的打了打女生们。这个小故事出现在了后来作为鲁迅、许广平情书集发表的《两地书》之中。鲁迅在寄给许的信中解释道，"我到现在为止，真的醉止有一回半，绝不会如此平和"。

在纪念鲁迅逝世一周年的集会上，中国革命之父毛泽东将鲁迅偶像化，称其为"中国的第一等圣

重建的咸亨酒店（2016年）

酒店门前立有孔乙己的塑像

人"。因此，鲁迅代替儒教圣人孔子，成为社会主义中国的圣人。他点到即止、恪守中庸的喝酒方式，足以成为我们的典范。

我第一次去绍兴，还是1979年秋天。当时我是研究生，作为中日恢复邦交后的第一批政府间交换留学生在上海学习。留学的一年间，我存下旅费四次造访绍兴。国营旅馆原本是不让外国人住宿的，我一再恳请才终于答应我跟中国客人共用一个房间，一晚的住宿费是一元。

我这个穷学生最期待的，是开在绍兴后街的一家不起眼的酒馆。当时正值"文化大革命"结束后的第三年，邓小平时代的改革开放才刚起步，想必在前街上大摇大摆经营个体酒馆的时机还没成熟。小酒馆在民房的屋檐下摆上一张简单的木制桌子和五六张没有靠背的椅子，下酒的是茴香豆这样的小菜，客人都就着饭碗喝绍兴酒。我学着孔乙己的样子请店家"温两碗酒"，但对方回说没准备炉灶，烫不成。去过两三回之后，也就习惯了喝冷酒，这么喝反倒更能尝出酒味。当时见到外国人还是稀罕事，因此跟我同桌的当地市民们有时会向我打听彩电和轿车的价格。

十六年后年末再访之时，绍兴已经变成迷你上海，竟然还重建了咸亨酒店。虽是新落成的气派建筑，但采用的是传统设计，因此有些日本旅客会产生这家酒店是从鲁迅时代延续至今的错觉。新咸亨酒店跟孔乙己时代一样,外面开放空间的桌子和座位供客人吃些简单的下酒小菜,里面则设有大大小小的宴会厅,能够品尝到正宗的绍兴菜肴,还能点到在锡制壶中烫过的热绍兴酒。旧咸亨开了两三年就倒闭了,幸而听说新咸亨进入21世纪后生意仍蒸蒸日上。

补充一句,鲁迅作品最早的日语译作是周作人翻译的《孔乙己》,1922年6月发表在北京的日语周刊《北京周报》上。

三、中国式宴会的极致——莫言的《酒国》

大江健三郎的诺贝尔文学奖获奖演讲

1994年,大江健三郎在斯德哥尔摩发表的诺贝尔文学奖获奖演讲中,提到了从东大法国文学系恩师渡边一夫那里学到的"荒诞现实主义即大众笑文化的形象系统",之后他介绍了两位中国作家。

> 正是这些形象系统,使我得以根植于生我养我的边缘日本中更为边缘的土地,同时开拓出一条走向普遍性的表达之路。这一系统最终在包藏着持久贫困和混沌富裕的亚洲,而非如今作为新兴经济势力受到推崇的亚洲,在这亘古亘今但又焕发生机的隐喻集合之中,把我和韩国的金芝河,中国的郑义、莫言等人联系在了一起。

关于郑义，我会另找机会进行介绍，本章中我想谈一谈引起大江深深共鸣的另一位中国作家——莫言。先不说其他的，他的故乡山东高密可是著名的白酒产地。

莫言原名管谟业，生于 1955 年，父亲在 1949 年以前是上中农，因此莫家在社会主义体制下饱受贫穷和歧视之苦。"文化大革命"（1966—1976）开始后，莫言小学辍学回到家中帮忙务农，后在棉油工厂当起临时工，1976 年参军入伍。1984 年进入北京的解放军艺术学院文学系学习，1986 年毕业后成为北京解放军总参谋部文化部所属的作家，1997 年复员至今。

80 年代，莫言在中国文坛完成了具有冲击性的首秀。1987 年，《人民文学》在一、二期合刊上发表了他的中篇小说《欢乐》，并在作品后刊载了一篇稍显异样的作家介绍。《人民文学》是中国作家协会的机构杂志，于中华人民共和国成立的同一年创刊，作为中国文学界的宣传大本营，在文学杂志中享有至高的地位。

> 莫言……自小热爱共产党、热爱祖国、热爱人民、热爱劳动。当一名光荣的解放军战士是他终生的愿望，当兵后他又想加入共产党，入党后他又想当军官，当军官后他又想写小说混入中国作家协会。现在他想认真攻

读马列主义,全心全意为祖国服务。生活困难时期他饿坏了脑子,神经系统不太健全,喜欢胡言乱语,但说过就忘。他富有批评和自我批评精神,勇于向真理投降,欢迎批评,从不记仇。

这段介绍多半出自莫言本人之手。从"自幼热爱共产党……"的评价到"脑袋出了问题,神经不太正常,喜欢信口胡言,话一说出口立马就忘"这样的挖苦,堪称一段愚弄他人的自我介绍。"因饥饿脑袋出了问题"这一句,也可解读为对1959—1961三年自然灾害期间造成全中国几千万人饿死的"大跃进"这一过激经济政策予以的讽刺。考虑到当时的受害者主要都是农民,不免觉得此处所言超出了玩笑话的界限,令人不寒而栗。事实上,莫言的《丰乳肥臀》(1995)就是以有恋乳情结的金发混血男性为主人公,聚焦抗日战争到80年代中期改革开放走上正轨为止的山东省农村,描写了"大跃进"时期出现的悲惨饥饿地狱。在中国出版之初,一度被要求自觉回避再版。

采访莫言(1996年,于北京大学勺园)

此外,"神经不太正常"这一句,也可说是针对过去专写"毛文体"的礼赞派可能提出的非难,先发制人写下的充满智慧的自我评价。

《酒国》的酒宴一景

在莫言的代表作《酒国》(台北洪范书店1992年初版、湖南文艺出版社1993年第一版)中,省中央得到情报,执掌大矿山城市200万人口的共产党干部们为追求酒宴的极乐而无所不用其极,于是派遣了精干的特级侦查员进行调查。但这位侦查员最终也做出乱交、酗酒等诸多有违道德的事情,在杀死其情妇以及她的原情夫同时也是美食通的酒仙侏儒后最终殒命。

面对强调"我是来调查情况的,不是来喝酒的"特级侦查员丁钩儿,矿长和党委书记和蔼可亲地表示"不会让您喝酒的"。说句题外话,矿长这一经营中国国有企业的领导,跟政治领导党委书记同一级别。《酒国》的书记和矿长两人年龄都在五十岁左右,脸盘小面包一般圆乎乎,脸色红扑扑如红皮蛋,大腹便便穿着灰色中山装,活像一对双胞胎。这样的描写,可能是在暗示企业与党的同心同德。

这对兄弟干部脸上露出温厚的微笑说:"请吧请吧,不喝酒总要吃饭吃",于是把他领进了餐厅。实际上,里面是个大型的宴会厅,白酒杯里斟上了茅台,葡萄酒杯里倒上了吉林省东南部通化市山葡萄酿成的红酒,啤酒杯里倒上了青岛啤酒,于是躲酒的侦查员和劝酒的干部们来来回回展开了奇妙的较量。

"老丁同志,您大老远来了,不喝酒我们不过意。咱们一切从简,家常便饭,不喝酒怎能显示出上下级亲密关系?喝点,喝点,别让我们脸皮没处放。"

在中国,干杯之后有将酒杯倒过来展示一滴不剩的习惯,但凡有一滴流下来就要罚酒三杯。在干部高明的话语引导之下丁钩儿喝完杯中酒后,干部又乘胜追击。"好事成双!好事成双!"无奈喝下第二杯的丁侦查员用手捂着空杯恳求"行啦行啦!",但干部嘴里说着"入座三杯,这是本地风俗",立马又将酒杯斟满并高高举起。

原以为干杯的仪式就此终于结束了,谁知矿长又说"丁钩儿高级侦查员能来鄢矿调查我们感到光荣,本人代替全体干部和工人敬您三杯,您若不喝就是瞧不起俺工人阶级瞧不起俺挖煤的煤黑子",用社会主义国家特有的撒手锏话语逼他连干了三杯。书记紧接着继续劝酒,"以他84岁老母亲的名义祝丁钩儿侦查员身体健康精神愉快"。侦查员故乡也有白发苍苍的老母亲,母亲敬的酒岂有不喝的道理,于是再次一饮而尽。

至此,侦查员逢劝必饮,一杯饮尽又一杯,"仿佛倒进无底深渊,连半点回音也没有"。在他痛饮之时,"三位红色服务小姐,像三团燃烧的火苗,像三个球状闪电呼喇喇滚来滚去",将热气袅袅、色彩艳丽的主菜"车轮一般端上来"。

酩酊大醉之际,侦查员突然想到自己的调查任务,忍不住呕吐起来。红衣服的服务小姐们喂了他一杯浓绿的龙井茶,用湿毛巾擦拭他的脸,收拾了地上的污秽,又重新摆了台。被一系列闪电般的服务所感动的侦查员,对着书记和矿长大赞这些服务员:"好!好!好!"红色女服务员们"像一群争食吃的小狗崽子,或者像一群给贵宾献花的少先队员,一窝蜂拥过来",争抢餐桌上的空酒杯,斟上红酒、黄酒、白酒,吵吵嚷嚷地向侦查员敬酒。"果然是大将难过美人关",刚吐过的侦查员只好咬着牙又把各种迷魂酒灌入肚中。

这场盛大的酒宴毫无停歇的意思。就在侦查员快要失去意识之际,被认为是案件主犯的酒国市市委宣传部副部长金刚钻登场了。丁钩儿对坐在自己身边的金刚钻警戒起来,心想哪怕你是皇亲国戚，落到我手里就别想高枕无忧了。金道歉说："我来晚了，罚酒三十杯。"于是红色服务小姐倒起酒来，满满三十杯一滴不洒。金问侦查员"老丁同志，您说这是三十杯矿泉水还是三十杯白酒？……要想辨别这是真酒假酒，也要亲口尝一尝"。于是侦查员从一片酒杯里选出了三个，用舌头沾了沾，都是货真价实的酒水。金趁势要求"老丁同志，喝干这三杯呀！"，旁边的矿长书记也追击道："喝了不疼洒了疼，浪费是最大的犯罪……"

《酒国》开篇的大宴会场景就此迎来高潮，由于本书篇幅有限，预知后事，请大家去读小说吧。

莫言通过《酒国》宴席一景，淋漓尽致地描写了从中国酒中诞生又经过漫长宴会史打磨后高度洗练的饮酒文化，在腐败的官僚制度下愈加变质走向丑恶的情形。但我在前面北京篇中也谈到过，2013年的"反腐败运动"以来，这样的"公宴"风景也逐渐偃旗息鼓了。

爱酒之人大江健三郎有言

2003年10月，大江健三郎迎接了受日本笔会邀请从美国首次来日的郑义（1947— ），两人在日本新闻中心展开对谈。对谈开场时，郑义回忆了六年前在普林斯顿大学初次见到大江先生的印象,"大江先生在车里基本不说话……我也不知该说什么,很紧张。到餐厅喝过酒之后,话便多了起来(笑)。尤其说到文学的时候,跟刚才仿佛判若两人,兴致勃勃"。

大江在对谈的最后也幽默地回应说:"我确实喝酒之后会活跃起来(笑)。但不喝酒也有很精神的时候,就是发现真正的朋友,想与他交谈的时候。与郑义先生谈话,我劲头十足。"

有意思的是,大江也是个爱酒之人,1960年、1984年、2000年曾几度访华,估计也接受过中国式宴会的洗礼。堪称中国式宴会极致形态的《酒国》中侦查员和幕后操纵者之间对决的场面,大江是怀着怎样的感想读完的呢?他在2000年访问北京的演讲中说过如下的话。

> 在年青的一代中,莫言的《红高粱家族》和郑义的《老井》给我带来了极大的感动。因为他们将中国人活着的当下的现实重叠到深沉的过去之上,试图以各自独特的想象力构建起共和国的意志粲然可见……而日本文学,尤其是近三十年间,缺失了前述莫言和郑义那样饶富野心,且真实地扎根于其土地和民众之中的表现。我不得不承认,日本文学未能用想象力筑起与现实国家相当的共和国。

大江还在北京的演讲中做出预言:"考虑到他们以中国风土人情为基础的巨大'Capability',即年轻小说家们的才能、方法和能量,我们能够聆听其中一人在斯德哥尔摩发表演讲的日子应当不远了。"

本章第一次刊载在杂志上时,我在结尾处写道,"当莫言获得诺贝尔文学奖时,我也要跟日本的莫言书迷们一起高举酒杯,用中国的白酒干杯。所以从今天起,我就得每周不懈地为此进行预演"。这个用白酒庆祝的愿望,在八年后的2012年10月如愿以偿,莫言作为第一位中国籍作家捧得诺贝尔文学奖而归。

地方篇

四、莫言故乡的名酒与小说《白狗秋千架》

高密高级干部举办的招待宴

上一章中，我介绍了莫言（1955— ）小说《酒国》中的一个场景。得到矿山酒国市的党员干部们为追求酒宴极乐而无所不用其极这一情报后，特级侦查员丁钩儿被派去进行调查。拥有皮蛋似的红面庞，大腹便便、中山装的矿长和党委书记提出边吃边说明当地情况，将他带到了大宴会厅，里面等着调查员的是数不清的茅台酒、通化葡萄酒和青岛啤酒。

茅台白酒是贵州省的特产，通化葡萄酒是吉林省的名酒，而莫言故乡山东省的地方酒并没有在《酒国》中登场。青岛啤酒所指的青岛，是位于山东半岛东部的城市。1897年时，德国从清朝手中夺走这片土地并作为租界加以建设，第一次世界大战后的1922年返还给中华民国。但德国人1903年在这里设立的中国第一个现代啤酒工厂存续了下来，一直到

1980年为止,青岛啤酒都是一款酒味馥郁且偏苦的产品。但是,从20世纪80年代中期左右开始,我的舌头告诉我,青岛啤酒成了寡淡的无国籍啤酒。从那时起,虽然在日本也能喝到小瓶装的青岛啤酒,但它已经失却了传统酒味,此事不得不引以为憾。这一点姑且不论,如今在全国范围内设置工厂的青岛啤酒,已经不能算是山东的地方酒了。

实际上,山东省是白酒的著名产地,莫言的故乡高密就集聚了各种名酒。1996年3月时我去高密游玩过,关于这次旅行,如前所说,我曾在中文学习杂志上提过(《NHK电视中文会话》1999年5月号)。但作为一个爱喝酒的莫言研究者,我以为值得一书的地方还有很多。我将在本章中写一写这趟旅行的续篇,文中会出现部分与此前文章重复的内容,敬请各位读者谅解。

从北京坐上开往青岛的特快列车,十二小时后终于抵达高密站,一下车我便大吃一惊。在检票口等着我的,不光有莫言的哥哥管谟贤,还有高密一中的教务主任和配备司机的校长专车。我想起东大文学系在80年代末因为精减人员的缘故,停用了系主任的专车,改用出租车。乘车来到高密市迎宾馆时,身材颀长、西装笔挺的校长正殷切地盼着我们。他周到的处事风格与其说是教育者,不如说更像是一个精英官僚，未及不惑之年就被提拔为高密最高学府的校长并全力推行学校改革。

接着，我被领进备了宴席的副楼食堂，头戴红帽、身穿白衬衫、系领结、穿红色长裤的女服务员们笑盈盈的，让我不自觉地联想到《酒国》中的酒宴场景。我脑中还闪过一个念头：《酒国》虽是部魔幻现实主义作品，但莫言怕不是以高密为原型进行创作的。

从上至下分别为高密的元宵节灯饰、当地的电影院（1996 年 3 月）

来到十人座的大圆桌前，校长给我介绍了穿着西装似乎大有来头的两位绅士，这位是高密市市长，这位是 N 银行的副行长。原来当晚我是受到了当地政界、财界、文化界三巨头的欢迎。我们先用青岛产的白葡萄酒干了杯，品质比我在北京喝的长城等葡萄酒高了好几个级别，平时只喝红葡萄酒的我也有滋有味地一干而尽。管谟贤告诉大家我正在翻译小说《酒国》，市长随即表示要说白酒，高密也有很不错的白酒，于是请人开了当地产的白酒。尽管那是一款烈酒，但"嗖"

一下滑入喉咙的爽快感，让我不由想到日本与论岛不兑热水直接喝的黑糖烧酒。

在高密的宴席上，即便是市长提出跟副行长干杯，或者是校长要与教务主任及秘书等人干杯，碰杯之际下属的酒杯也一定会比上司的酒杯矮上半个杯身左右。而市长与我这个"外宾"干杯时，同样会放低自己的杯子以示谦恭。我心中感叹，原来这就是酒国的礼仪呀。

名酒"商羊特酿"

第二天，趁着活动的间隙，自然是要去商场买两瓶高密名酒"商羊特酿"的。写作之际我重新在网上搜索了一番，制造该酒的国营山东高密酿酒厂设立于1948年，包括"商羊特酿""商羊神酒"等主力产品在内的"商羊系列"在海外博览会上得过金奖，1994年时获得"中国公认名牌产品"称号，还被列入山东省白酒公司的五十强。而"商羊"传说是出现在孔子面前传告雨讯的鸟儿。孔子降生的儒教圣地曲阜，跟高密同是山东省的一个县。

次日前往位于高密东北部新安乡大栏的莫言家拜访时，也是由校长专车接送的。就我个人而言，为了感受难得一访的中小城市和农村的氛围，最好是能坐在当地乘客中间晃晃荡荡乘着小巴士前往……三年前建成的一小时直达青岛的高速公路，从苹果园和排满塑料大棚的田野中间穿过。这是典型的大城市近郊农业地带。管先生告诉我，高密农民的平均年收入已经达到 1700 元，大栏的人口是 1.6 万人等，说话间就到了莫言父亲及二哥一家居住的平安村。

映入我眼帘的，是坚固整洁的农家石砌平房，几头牛在门前晒着太阳。冬日的田地里，麦子刚刚抽出嫩芽，目之所及干燥的黄土大地无边无垠。河水已经半干，水流细弱，高平桥的水坝（短篇小说《透明的红萝卜》的故事发生地）是一座高三米、宽五十米左右的水闸……

我的耳边响起了莫言一贯冷淡的声音，出发前他告诉我，见了我的故乡也只有失望罢了。与此同时，我沉浸在了感慨之中。如今尽享平和的这个村庄，在激荡的 20 世纪中国曾镌刻下怎样的历史？年年岁岁不断丰饶的村落背后，又积压了多少矛盾？莫言的魔幻，是在将村庄遥远的记忆掘起，以此直视当下的情感……看着眼前恬静的农村，"高密东北乡"那虚幻的风景浮现在了我的脑海之中。

《白狗秋千架》及其影视化

2002 年的春节，大江健三郎也乘火车来高密农村拜访过莫言。当时的情形被拍摄成了NHK纪录片并在电视上播放（2002年4月6日卫星第一频道），有印象的日本读者应当不少。

于莫言（右起第二）老家。左起第二为其父管贻范（1996年3月）

在莫言作品之中，大江尤其喜欢的是初期以农村为舞台写成的一系列短篇小说。确实，像《老枪》《透明的红萝卜》这样的作品，与大江以故乡四国的山村为舞台创作的《拔芽击仔》《迟到的青年》等作品是有异曲同工之妙的。

我也在20世纪90年代初精选了一些短小精悍的莫言短篇进行翻译，结成了两本短篇集。《来自中国乡村》是与庆应大学教授长堀祐造合译的，《怀抱鲜花的女人》是我的个人译作。其中一篇名为《白狗秋千架》的作品尤为难忘。

主人公是在北京的艺术专业学校当讲师的青年，时隔十年回到故乡的村庄。他来到一座桥头，四周都是高挺茂密的高粱田，在这里遇到了有一老白狗开道、身负沉甸甸大捆高粱叶的独眼农妇——暖。少年时代，主人公跟与他青梅竹马的暖同坐在场院边荡秋千，结果系秋千的绳断了，怀抱小白狗的少女从此一只眼睛失去了光明。而此时遇见的农妇，正是当时的少女。她嫁给了邻村的哑巴,生了三个儿子全都跟父亲一样不会说话。主人公去暖家拜访,见到了她虽有些粗暴却善良勤劳的丈夫以及年幼的三兄弟,青年的心也因此得到慰藉。暖带着老狗去乡镇办事先一步出了门,接着青年也辞行离开后,竟意外看到白狗正在桥头等着自己。他跟着老狗分开的茂密高粱走入田中……

小说的时间线在"文化大革命"和80年代之间来回穿梭,描写了男女主人公从少年成长为大人的过程中错综复杂的心理。在中国农村,为春季寒食节架起的秋千是年轻男女谈情说爱的地方。这部作品中,秋千和白狗一样,成了连起两位主人公的命运羁绊。开篇暖登场时背着的沉重高粱叶,暗示着她可能要背负一生的悲惨命运。十二年前,白狗还是可爱小狗的时候,解放军的大部队曾在村里暂时驻扎过一段时间,"我"的父亲还想将小狗送给宣传部队的蔡队长。作为当时遵守"三大纪律八项注意"这一严格军规的解放军,长相英俊的青年蔡队长自然是不会收的。临别时,蔡队长亲了暖的额头,承诺一定会回来接她。但左等右盼,蔡队长还没出现就先出了秋千事故。"我"的父亲或许是在这时将白狗送给了失明的暖。这条老狗代替"我",陪伴在了肩负痛苦命运的暖的身旁。

在中国,尤其是农村,社会福利明显落后,许多残障人士都被当作弱者受到歧视，境遇十分艰难。而莫言的小说经常将农村残障者作为主人公，开辟出了一片独特的天地。《白狗秋千架》写的就是一个一味忍受命运的女性，以自身意志选取并主动承担全新命运的决心。开头在河边歇过脚的暖，拒绝了"我"替她背高粱捆的提议，但却请我帮忙把高粱扛到肩上，可以说为结尾处她在河边高粱地里说出的揪心愿望埋下了伏笔。

小说《白狗秋千架》中有这样一个场景，"我"去拜访暖时，她的聋哑丈夫为了欢迎我，先开了一瓶叫作诸城白干的酒。

> 他喝了十分之九，我喝了十分之一。他面不改色，我头晕乎乎。他又开了一瓶酒，为我斟满杯，双手举杯过头敬我。我生怕伤了这个朋友的心，便抱着电灯泡捣蒜的决心，接过酒来干了。

诸城是高密的邻县，白干就是白酒的意思。中国酒的包装，一般一瓶是一斤。50度朝上的白酒，暖的丈夫一个人几乎喝了一整瓶，确实就像暖所说的，要是跟他比酒量，估计"你十个也醉不过他一个"。

暖的丈夫为什么不喝高密的本地酒呢？文中的"我"对

着听不见的哑巴说过:"三中全会后,农民生活大大提高了。大哥富起来了,该去买台电视机。'诸城老白干'到底是老牌子,劲儿冲。"正如这句话中提到的,50年代后半期开办的人民公社是在1978年12月十一届三中全会(中央委员会第三次全体会议)决定改革开放后被解散的。故事发生时,拥有30年历史的山东高密酿酒厂可能还未从"文革"的打击中复苏过来,"商羊系列"的酒品许是还没投入生产。

霍建起(1958—)导演在2000年将《白狗秋千架》拍成电影《暖》,该片于2003年秋天获得东京国际电影节金麒麟奖。导演将舞台从环绕高密的胶莱平原移到溪流潺潺的山村,或许是为了追求与其1998年作品《那山那人那狗》一样的如画风景。但电影把秋千事故对暖造成的伤害从失明改成了腿脚残疾是为什么呢?影片对故事的改动还不止于此。在莫言的原作中,暖和丈夫打手势做动作才将将能对上话,而电影中的两人像是在聋哑学校学习过似的,手语运用自如。就其丈夫的成长环境而言,是没有机会接受学校教育的。而且,暖与心意相通的丈夫、能说话的可爱女儿一家三口幸福生活的设定,与原著中暖的孤独生活相去甚远。莫言所描写的,是在残酷命运面前逐渐成熟,直至能主动进行抗争的农村妇女的戏剧性转变,而电影将其改编成了再穷再苦还是自家最甜的通俗剧。

电影里在暖家吃饭的场景中，喝的不是山东的本地酒，而是北京名酒二锅头。可以说，电影《暖》把珠玑的短篇小说《白狗秋千架》改编成了与农村实际情况无甚关联但符合城市居民审美的童话故事。

2009年8月，高密一中的校园内开设了莫言文学馆，莫言出生的房屋也作为莫言故居向大众开放。日译版的《来自中国乡村》和《怀抱鲜花的女人》此前已经绝版，但莫言在2012年获得诺贝尔文学奖之后，以此为契机又出版了新的短篇集《透明的红萝卜：莫言作品精选》（朝日出版社，2013）。

香港・台湾篇

小引

在北京篇的小引中，我引用了中岛京子《北京春天的白色服饰》中的女主人公山下夏美在20世纪90年代末发出的预言——"当春天的服饰溢满北京之时，北京的女孩就全都漂亮了起来……"

其实，大学时代学过中文的中岛，描写的第一个华语圈城市是香港，她在作品《旅游1989》（2006年刊行，现属集英社文库）中讲述了一个日本人香港旅游团的神秘旅行故事，是她早期的代表作。对于在东亚近代史上重复上演兴衰剧目的香港的虚构世界，中岛或许是深有共鸣的。

中岛与我共译香港著名作家董启章（1967—）作品集《地图集》（河出书房新社，2012）时，在以"能够介绍香港奇才董启章，我备感荣幸"一句开头的序文中写道：

> 1997年发表的这部小说，自然是以香港回归中国为

背景写就的。在英国一百五十多年的殖民地统治史即将结束之际,何为香港这一问题摆到了小说家的面前。这是为了探寻自我身份而创作的小说,文中饱蘸着爱与忧伤。

幸而《地图集》在日本文学界受到好评,2013年董启章还曾将新创作的小说《美德》投稿给文学杂志《文学界》(2014年2月号,文艺春秋)。该小说描写了香港在未来的恋爱、性爱以及政治。"大回归"之后,"局部性的世界末日"事件爆发,V市正在同时推进"大重建"和"小人化"两大计划,而小说的舞台,是耸立于V市的金碧辉煌的七十层超高住宅塔楼"伊甸园",以及旁边七层旧楼构成的死城般的十三街旧区。V市是《地图集》的舞台维多利亚城的隐语,若是将其看作一个暗指香港的地名,那么"大回归"或许说的是1997年香港回归中国,"局部性的世界末日"则可能指的是2001年"9·11纽约世贸中心事件"以及此后的阿富汗战争。

董启章的作品,对"何为香港"这一问题做出了叹为观止的文学性应答,但文中几乎见不到酒的影子——他本人倒是在东京本乡的居酒屋品过清酒,在香港的十三街喝过少量黑啤。《美德》篇末,其中一个主人公林秉德从"无为而无不为"的老子哲学与恋爱、性爱、政治欲望飞速展开的混沌梦境中醒来,在暑气异常蒸腾的夏夜,从被摩天大楼包围的十三街七层旧楼屋顶,属于违章建筑的家中走出来直面具有冲击性的现实之前所喝的罐装啤酒,是全文第一次也是最后一次出现的酒饮。

不过,爱酒的本书读者诸君请放心,香港诗人也斯与台湾作家李昂将在本篇中为我们展现精妙的"私宴""公宴",甚至"国宴"风景。

一、香港湾仔的苏丝黄酒吧和新界的大荣华酒楼

湾仔酒吧街的"苏丝黄酒吧"

香港虽是个"饮食天堂",喝酒的去处却不甚多,但还是有兰桂坊这样一条称心的酒吧街。话虽如此,20世纪70年代作为"香港的格林尼治村"打造起来的兰桂坊,在90年代以后受到了商业资本的压制,文化气息日益变淡。甚至给一些来访酒吧街的日本旅客留下了"夜晚的兰桂坊满是白人,一派令人不适的光景"的印象。

说是"令人不适的光景",也不过是一些在香港当地工作的欧美男女再加上些许旅客,聚在这里热热闹闹喝酒罢了。这里虽地处东亚,但欧美客人的比例极高,诚然是一番不可思议的光景。

真正称得上"令人不适的光景",应当是从兰桂坊所在的中环坐地铁港岛线向东两站抵达的湾仔酒吧街。许多以

pickup（一夜情）为目的的船员和游客都集中在这里，据说60年代越南战争时期，这片风月场所到处都是暂离战场前来休假的美国士兵。在描摹80年代香港的小说《维多利亚俱乐部》中，作者施叔青（1945— ）对湾仔酒吧街的描写，与香港青年们聚在一起举办艺穗节的兰桂坊对比鲜明。书中的马安贞是个很有才干的职业女性，因为对自己与维多利亚俱乐部采购主任——上海人徐槐的婚外情感到疲惫，从徐槐正在等红绿灯的高级宾士250上突然跳了下来，她下车的地方就是湾仔。

> 马安贞在入夜的酒吧区乱走，苏丝黄酒吧的霓虹灯亮如白昼，刚下船的水兵，手上抓了顶船形帽，鱼贯消失在门后的阴幽里，街角暗处，女人酒色过度哑着声三百五百和一个滚动两粒白眼的黑人讲价。自己和这些女人有什么不同？马安贞嘴唇咬得青紫，同样是贩卖，不同的是她交换的是暂时的慰藉。

做了爱之奴隶的马安贞挣扎着想在淫逸的酒吧街中找回自我，要毅然决然地与情人分手，这时她向一家酒吧里面张望，看到高凳上坐着一个白种女人。

披下半脸的金发,独自买醉,一个失意的女人,她的故事不外乎陪丈夫来到这东方之珠,殖民主子的特权没捞到,反而连丈夫也赔了进去,跟那黄皮肤的妓女生活在罪恶里。

马安贞很想推门进去,和这女人背对背、两脚悬空坐在那里各自想心事。她也有她的故事,一个感情上不能独立的女人的悲哀。一次次她在泥沼中翻滚,可又不是没有快感的,她最恨自己这一点。

"进去吧,进去借酒浇愁,拯救自己。你以为我离不开你,只要我跨入这酒吧,便走出你的范围一步。叛逆者是需要有所行动的。"她这么告诉自己,却怎么也拿不出坐在高高吧台前端起反抗玻璃杯的勇气。最终她离开了酒吧街,走进轩尼斯道一家新开的越南小馆,看到一对对香港的年轻情侣在新刷的白墙下谈着"纯洁的恋爱"。

森瑶子《浅水湾之月》中的香港混血娼妇

马安贞在湾仔酒吧街最先看到的"苏丝黄酒吧",其名字来源于英国作家梅臣(Richard Mason)的小说《苏丝黄的世界》(*The World of Suzie Wong*, 1957),讲述的是英国画家

（电影中改成了美国人）与湾仔小鸟依人的娼妇苏丝黄之间的爱情故事。该小说在1960年被理查德·奎因拍成同名电影，由资深男演员威廉·霍尔登和香港的新人女演员关南施共同出演，上映后大受欢迎。

罗勃·洛马克斯在马来亚橡胶园里做办事员期间开始绘画，为精进画艺，这位穷画家移居香港，住进了湾仔的廉价旅馆。这里的酒吧汇集着向美国水兵等出卖一夜春宵的妓女，其中最有名的是人称苏丝黄的黄美玲（但电影VCD的字幕显示为"蜜玲"，日译书中写作"王美兰"）。画家请苏丝黄当自己的模特，绘画过程中渐渐爱上了她……作家梅臣创作的《苏丝黄的世界》，以50年代接待外国人的湾仔酒吧街为主要舞台，可说是一部以白人男性欲望的视角将香港作为"冒险家的乐园"进行刻画的小说。

美国飞马书社在1994年再次发行该作的平装版书籍，现在仍能在香港书店中买到。给再版书作序并介绍作者的盖伊·海登写到，香港从50年代"催人昏昏欲睡的小城市"完成脱胎换骨的蜕变，但今天湾仔的酒吧仍然"充填着船员、旅客和当地人，以及像罗勃·洛马克斯这样无国籍者的欲壑……只不过相迎的女性'从香港人'变成了菲律宾和泰国人等"。

60年代后半期，香港经麦理浩总督时代后站在了经济高速发展的风口,此时从中国大陆逃来的难民及其后代中,或许也有人因贫困而沦为妓女。在香港经济腾飞前的1965年,某英国记者将它比作地铁站台,"人们在这里来来往往,也许与这城市有过一夜情,但恋爱是绝无可能的"。这种印象的源头或许就在苏丝黄这里吧。该小说以平装书再版后,到2000年为止每年皆有增印,电影也发行了VCD和DVD,至今仍极大地左右着香港在外国人心中的形象。

日本恋爱小说大师森瑶子(1940—1993)也创作过一系列以香港为舞台的短篇小说。她在《浅水湾之月》(讲谈社,1987)中创作的三个短篇,以母女两代红颜薄命的混血娼妇为主人公,讲述的是20世纪50年代到80年代对困厄的香港姑娘敲骨吸髓的富裕白人和日本人等遭到复仇的故事。我想到,在电影中饰演苏丝黄的关南施正是一位欧亚混血的女演员,而森瑶子的香港系列则恰恰与《苏丝黄的世界》反其道行之。梅臣描写的是白人男性在香港这个"冒险家的乐园"里与中国娼妇品尝恋爱的甜蜜,但森瑶子的反恋爱小说却让因白人男性在"乐园"中"冒险"而出生的混血儿化身强悍女性,对外国男性们实施报复。从这一向度来看,《浅水湾之月》堪称将《苏丝黄的世界》黑白互置的底片。

新界酒楼大派对的食景与政治学

之前一直在说湾仔酒吧街，但实际上我跟马安贞一样，只在湾仔吃过饭，却从未涉足过酒吧街。这里聚集的多是船员和外国游客，如今从中国内地前来的顾客也增加了不少，而服务这些外地客人等着pickup的，还是从菲律宾和泰国等地来此赚钱的女招待。与绅士淑女光明正大相聚一堂的兰桂坊比起来，湾仔酒吧街中想必确然一副"不适的光景"，我的香港朋友们对湾仔酒吧街的态度基本都是视若无睹。

食事风景诗人也斯（1949—2013）原名梁秉钧，在香港岭南大学担任讲授现代中国文学的比较文学讲座教授。这位诗人教授与他的朋友们是香港为数不多的爱酒老饕，吃晚餐的时候，不管是餐前、餐中、餐后都无酒不欢。跟台湾人一样，他们的心头所好是红酒，但我提出要喝绍兴酒时，他们也很乐意陪我共饮中国酒。本章我将介绍2001年在香港"乡下"新界举办的大派对。

新界与广东交界，由九龙半岛的大部分地区和200余个岛屿组成，面积占香港特别行政区总面积的近八成。二战前，这里是成片的稻田，战后成为种植蔬菜的城郊。20世纪50年代后新城开发的进程加快，如今香港总人口的将近半数都住在此处。新界可以称得上是一个传统香港与现代香港共生共存的地区。

2001年9月，有两周左右的时间我都在香港出差。几年来坚持到涩谷PARCO的每日文化城听我讲"现代中国电影与小说"的学员约十人，他们打着听"香港文化课外讲座"的名号也来到了香港。当然，这些人都是也斯的书迷，于是也斯邀请我们这些日本读者，在新界元朗区"传奇"的大荣华酒楼办了一场派对。这家酒楼是下一章即将介绍的也斯诗歌《除夕盆菜》中他在除夕夜吃盆菜时前去的餐馆。

东亚都市诗歌朗诵会。也斯与笔者（2005年，于香港）

香港这边包括大学中的师生和编辑在内也有十人左右受邀，近二十人肩并着肩围坐在一张大桌边，也斯特别点了用应季新鲜蔬菜和鱼肉等烹调而成的乡土菜肴，口味浓郁。在美味一道道上桌期间，日本客人打开了带来的伴手礼，有北海道和新潟的清酒、甲府的葡萄酒还有冲绳的泡盛酒。由于这是个国际化的派对，席上约定所有人都用自己习惯的语言交谈，能翻译的人便充当口译。于是大家各自用广东话、北京话、英语和法语等向也斯等香港宾客介绍了日本各地酒品的由来。还有事先说明自己不善外语,用日语解释后请邻座口译的。

听到我们气氛高涨的欢谈,酒楼的主厨也露了面。挺着将军肚的他看上去也是个爱酒之人,兴致盎然地品尝了各种日本酒之后,拿来了珍藏的绍兴酒和高级白酒作为回礼。

当时参加派对的,还有身为香港中文大学助教且正在准备留学东大的关诗珮。她小时候就住在新界,父母曾带她上过几次大荣华酒楼。她瞪圆了眼睛惊讶地表示,当时这里还是个小小的乡下食堂,不知何时竟成了豪华的乡土菜馆。如此看来,也不枉也斯称这里是传奇餐馆了。

1999年澳门回归中国之前,也斯围绕澳门山丘上的古风洋楼——峰景酒店吟出了下面的诗句。

> 把酒望大桥上车辆穿梭
> 想起明年今日,回归后
> 酒店变成葡国领事府邸
> 我们再难在回廊上喝酒了
> 非洲鸡也会失去了味道?

非洲鸡是曾经的海上强国葡萄牙的标准菜式,如今改良后成了澳门的名产。在源远流长的酒店宴席上,恐怕人们会滔滔不绝地说起战中战后的旧日回忆。

> 有人记得战时它曾是难民营
> 庇护逃离战火的众生。像灾难片?
> 盛装的男女争论今季流行的电影
> 我回首看几经翻修的优雅廊柱
> 我们不要忘记历史的鬼魂
> 谁是这场戏的主角?
> ……
> 我们老是在历史的场景里当临时演员

香港地处中国边境,在一个半世纪里一直受到英国的殖民统治。也斯这位香港诗人,以此牵引出了过去的记忆,同时又陷入沉思。

> 今夜我们围坐在长桌旁,仿如
> 乘坐豪华游轮航向二十一世纪
> 这些楼梯真的将要消失?餐厅
> 丢空,沉进遗忘的海洋深处?

> 我坐在这儿默默喝酒，听着

不过，在多国美食和葡萄牙产的香槟面前，诗人还是展望了未来并写下：

> 忧郁的友人你有葡国诗人望海的忧郁
> 爱酒的友人我们喝一杯香槟
> 在这南欧小城风味的华南城镇
> 我们吃澳门菜和粤菜，在年月中演变

一首耐人寻味的食事诗，道出的不正是酒与菜的"政治学"吗？即便读了也斯的诗歌，对苏丝黄酒吧我仍旧选择敬而远之，还是多为兰桂坊的酒吧和新界的乡土餐馆捧捧场吧。

二、香港酒吧街兰桂坊的故事

徒有其名的"饮食天堂"

香港素有"饮食天堂"的美称,但"饮"主要指的是中国茶和汤品。此外,饮料之中还有混合红茶与咖啡的"鸳鸯茶",以及可乐煮沸后配上切片柠檬的"热可乐"等香港特产。然而对于酒,大多数香港人都兴致寥寥。

我正式开始研究香港文化是在1998年的夏天,当时在香港大学当了一个月的研究员。某日下午,我受邀参加文学界的茶会,在那里认识了一位文学爱好者。他三十多岁,是个商人,茶会后我们又共进了晚餐。没记错的话吃的应该是"火锅",但当时他只问我想喝什么茶,酒的事情根本不提。晚餐即将用罢之时,我一边环视旁边的餐桌,一边若无其事地说:"普洱茶这么好喝,都没人喝酒了呢?"

"对,喝啤酒和绍兴酒的基本都是日本顾客。"他回答道,

"说起来,这附近有一家我常去的酒吧,不如带您去看看?"

我大喜过望,跟着他在一家位于地下室的店里落了座,谁知这位绅士竟点了四小瓶墨西哥科罗娜啤酒。"来,直接对瓶喝吧。在这家店就得这么喝。"说着他小口地啜饮了起来。

火锅已经撑饱了肚子,居然还喝啤酒!在一个成人酒吧竟直接对瓶喝!这一文化冲击给我带来的震撼,不是鸳鸯茶和热可乐之类堪比拟的。香港是个饮食天堂不假,但在喝酒这件事情上,足以称道之处未免少了一些。幸得还有个叫兰桂坊的地方,是一条颇得我心的酒吧街。

回归中国前最后的正月

前一章已经介绍过香港诗人也斯(1949—2013),著有名为《食事地域志》的组诗,副标题是"蔬菜的政治"。也斯站在香港的视角上俯瞰世界,从世界的高度鸟瞰香港之时,选择的表现形式是食事。食事诗以香港这个特别的城市为原点,又明快地谈及中国、日本以及欧美,它们各自的文化差异在诗中跃然纸上。1997年香港回归中国之际,我译的日文版《食事地域志》在文学杂志上发表。在翻译诗作题目的时候,我搜肠刮肚狠下了一番苦心,最后还是选择把也斯自编自造的英语词 Foodscape 直译过来,将其命名为"食景诗"。

这本诗集中,我最喜爱的是作于 1997 年正月的《除夕盆菜》一诗。盆菜是香港新界地区专门在节庆日吃的传统菜肴,会将种类各异的肉、鲜鱼、干货和蔬菜等一起盛在大陶盆中。

> 从一堆肉中间翻出一片萝卜。
> 不要问我九七。我回答过许多次了。
> 九七就在门槛外。就在进来和离去的人身上。
> 黄金海岸要放烟花,我们塞了四个小时的车。

为了在除夕之夜吃上乡土菜,诗人乘车从九龙中心的弥敦道出发,结果被堵在了路上,他的思绪在正月的餐桌和即将迎来的历史事件之间来回穿梭。这里的历史事件,指的是英国将在五个月后的 7 月 1 日把香港归还中国。

> 烟花。特首。冬菇。炸头腩。发菜。金针。
> 都混在一起了。香港协会新界西地区委员会。
> 和航运界举行除夕餐舞会。庆回归。
> ……
> 筷子举起在半空。有些说不分明的甚么就在门槛外。

香港喧嚣的日常和近乎混乱的节庆,英国统治和中国共产党领导的连续与不连续,在精致香港菜中格外朴素的盆菜的幻影面前全都浮现了出来。此外,诗中还有这样一节。

> 怎样倒数呢?就用一个不标准的时计。
> 就这样说:九、八、七、六、五……
> ……
> 三、二、一……新年快乐。新年快乐。
> 想这时汽笛齐鸣。汽车喇叭嘹亮。
> 仁爱堂以二十三分钟的烟花盛大迎接
> 美好的明天。"只要我们团结起来。"
> 首长开始发言。年轻人涌到兰桂坊去。

那么,诗歌中的兰桂坊是个怎样的地方呢?

兰桂坊

从香港中心街的中环地铁站南侧出来,穿过东西向的皇后大道,沿德己立街往南再走百米有余,左手边出现的百米左右的小巷就是兰桂坊(Lan Kwai Fong)。这条呈 L 形弯曲的小巷,在德己立街与兰桂坊的交叉口往前 60 米的地方,之

兰桂坊附近的酒吧71。左排前起第六位为也斯（2005年）

后左拐重新汇入德己立街。被兰桂坊和德己立街围住的一块仅3000平方米左右的区域内，酒吧和餐厅鳞次栉比。Lan Kwai Fong是以拉丁字母表记的广东话发音。

根据也斯的文章《无家的诗与摄影》（1993），兰桂坊到20世纪60年代为止都是住宅区，进入70年代后，因其处于中环后方且房租低廉，吸引了摄影家李家升来此开设工作室，实验剧团也把据点放在这里，艺术家们也开始搬来兰桂坊居住。1978年，名叫Disco Disco的第一家迪斯科舞厅在此开门迎客，接着80年代时欧洲风的餐厅和酒吧一家接一家开业，以雅皮士为受众的杂志开始称呼兰桂坊为"香港的蒙马特"。

当时二十多岁的陈冠中（1952— ）在1975年1月做了一个专题叫作《德己立街可能将是香港最有趣的街道》。文中有如下内容：

> 德己立街靠山的一段，向来是被人遗忘的，近月因为几个人的努力，突然脱胎换骨……加上毗邻的兰桂坊

及荣华里（位于德己立街另一边与兰桂坊对称的 L 字小巷），只要略事修饰，将是香港最具潜质的新娱乐焦点。

路边咖啡座、露天艺术展览、阳光下的街头音乐会、波希米亚人的小摆设摊档、时装店、酒庄、的士够格、花档、外国游客、本地游客——这一切都可以在德己立街出现。

陈冠中并没有向政府推荐拓宽这里的道路，将其建成纽约第五大道那般的繁华街市，而是提倡将格林尼治村和苏豪区那样的小型繁华街作为发展的范本。政府方面在城市规划时也把这位年轻专栏作家的建议听了进去，因此才有了现在的兰桂坊，虽略显凌乱却很是舒适，成为喋喋不休的爱酒之人的乐园。

不过，90 年代，兰桂坊遭遇了巨大的转折。也斯《除夕盆菜》中"年轻人涌到兰桂坊去"这一句后面跟着的是"脚步沓杂而心情忐忑。又走过那个街角。/每次经过都浮现几年前的惨剧"。

这几句中提及的事故，发生在 1992 年除夕夜，当天把兰桂坊挤得水泄不通的数千人在坡道上像骨牌一样相继跌倒，造成二十人死亡。以此为契机，政府加强对酒吧的管制，给艺术家们也施加了诸多压力。"像家人一样"生活在这里的波西米亚主义艺术家们相继离开,"香港的格林尼治村"受到商业资本的压制,文化气息从这条酒吧、餐厅街消散而去。有些日本游客见到如今的兰桂坊,甚至做出了如下的恶评:"这里的店又贵又难吃,只是个白人聚集地……夜晚的兰桂坊满是白人,一派令人不适的光景。"(2004年左右网上检索的结果)

不过,荣华里有一家叫作"Club 64"的酒吧,21世纪之初时还有也斯、陈冠中等文化人聚集于此,在吧台和路旁的桌边喝着红酒谈笑风生。

小说与电影中的兰桂坊

小说《维多利亚俱乐部》(施叔青)对其20世纪80年代初兰桂坊酒吧街诞生不久时的情状进行过点描。故事开始于香港最古老、尊贵的维多利亚俱乐部中曝出了串谋受贿的丑闻。英国经理和上海采购主任徐槐遭到职员的内部告发,廉政公署探员因此出动,英女王御用大律师和毒辣的事务律师吴义出面应战,这些事情都被徐的情人马安贞看在眼里——在这部以80年代香港为舞台的长篇小说中,可以看到中国大陆和英国投下的巨大影子。而写出这个故事的作者则是个台湾人。小说展现的，是在一个由东西文明的冲突和融合塑造出来的东亚现代都市中探寻国家认同的故事。

好色的吴义是德国姑娘乌丝拉经营的针灸美容所的常客，他在这里把对当事人徐槐来说十分重要的证据弄丢了，而吴义之所以会在乌丝拉的店里针灸，是因为她的男友汉斯曾在兰桂坊的德国酒吧招待过吴义。能干的职业女性马安贞在中环的一家旅行社工作，公司老板沙逊太太忙时会向兰桂坊的犹太餐厅订三明治。内部告发徐槐受贿的岑灼，与在学生时代访贫问苦运动中认识的浦玉曾是恋人，浦玉去的地方就是兰桂坊。

> 昨天下午岑灼和她擦身而过却没认出是她，那时兰桂坊艺穗节的街头游艺刚结束，浦玉额头颊边涂了星星、花草的图案，把节日的气氛沿着皇后大道延伸下去。

这是一个极为讽刺的场面，岑灼居然也没发现过去连衣服、袜子、发夹都只有白、蓝、黑三色的浦玉的变化。而浦玉参加的艺穗节活动,估计是兰桂坊仍为"香港的格林尼治村"时期沿袭下来的。

王家卫（1958— ）导演的《重庆森林》（1994）是一部

能够代表上世纪90年代香港电影的作品。影片中的音乐从印度乐过渡到摇滚，讲述了便衣刑警编号223（金城武）与毒品走私女（林青霞），巡警编号633（梁朝伟）与为了攒钱在叔父的快餐店打工的阿菲（王菲）这两对男女之间，相互对照但最终都相互错过的恋爱故事。两个爱情故事的相同之处是制服、罐头和日期的预告。制服的不断穿脱，暗合了从英国殖民主义向中国共产党领导的交替，罐头的有效期则暗示着香港在1997年7月将回归中国一事。而香港本身不就是欧洲人为从中国大地上割下后加工而成的罐头般的狭小空间吗？详细内容请参考拙作《中国电影：百年描绘，百年阅读》。巡警终于发觉阿菲对自己的好感并邀她约会的地方就是兰桂坊的加州酒吧。但菲最终没有出现，给巡警留下一张手绘机票，自己飞去了美国的加州。

根据最近的香港文化探险指南，因为2014年年末地铁向西延伸到了坚尼地城，中环、上环以西不再是茶餐厅的天下，咖啡厅的数量也有所增加，营造出了一种新旧交错的潮城氛围。要是想找个地方慢慢品鉴几年前就流行起来的香港产精酿的话，比起驳杂的兰桂坊，西营盘或更为相宜。

三、东京的香港老饕诗人

香港的"出前一丁"和"丝袜奶茶"

茶餐厅这种大众食堂,在香港是随处可见的。百姓们不仅在这里吃早、中、晚三餐,到了喝下午茶的时候还会点上一杯在浓红茶中加入大量浓缩牛奶的港式奶茶,或者将这种奶茶和咖啡对半混合的鸳鸯茶。此种港式奶茶,正是茶餐厅的象征,比方说上世纪末我在中环结志街喝过几次茶的兰芳园,店里甚至挂起了"四十多年老字号 驰名丝袜奶茶"的招牌。根据编辑I的香港文化探险便笺,兰芳园如今仍旧长盛不衰,且招牌换成了"六十年老字号",已然把近20年的历史添了上去。

"丝袜奶茶"是用丝袜过滤红茶的意思,让我联想到过去在日本,用丝绢沥干的豆腐要比用棉布过滤的更上档次。关于港式奶茶以及咖啡兑茶,食事诗诗人也斯(本名梁秉钧,

1949—2013）在其题为《鸳鸯》的作品中吟咏道：

> 五种不同的茶叶冲出了
>
> 香浓的奶茶，用布袋
>
> 或传说中的丝袜温柔包容混杂
>
> 冲水倒进另一个茶壶，经历时间的长短
>
> 影响了茶味的浓淡，这分寸
>
> 还能掌握得好吗？若果把奶茶
>
> 混进另一杯咖啡？那浓烈的饮料
>
> 可是压倒性的，抹煞了对方？
>
> 还是保留另外一种味道：街头的大排档
>
> 从日常的炉灶上累积情理与世故
>
> 混合了日常的八卦与通达，勤奋又带点
>
> 散漫的……那些说不清楚的味道

在这茶餐厅"累积情理与世故"后形成的招牌菜中，有一道是日本的方便面"出前一丁"。1998年我刚开始调研香港文化，在茶餐厅的菜单上看到这个名字时，颇为惊诧——住在"饮食天堂"的香港人，为什么到外面用餐的时候还要吃日本方便面！？

于是，我在兰芳园点了"开心一丁餐"，端上来的是配了肉和蔬菜的出前一丁，外加一杯咖啡或一杯奶茶。肉类有鸡肉和猪肉可选，价格是27港元（当时1港元约为15日元）。虽然公仔面很便宜，只要5港元，但注重口味的香港人似乎还是更喜欢出前一丁。我在海外的时候几乎不怎么吃日本食物，但自此以后，香港茶餐厅里的出前一丁成了唯一的例外。

位于中环的兰芳园（2018年）

20世纪末，日本料理风靡香港，一部分日本料理店能跟法餐厅分庭抗礼，均属于高端餐厅。一次，我在日料店招待香港朋友，发现这里的价格比东京同一规格的居酒屋贵了不止一倍。于是我对日本厨师说："价格够高的呀。"他回答道："我们店用的都是从日本进口的食材，请您谅解。"据说这家店的客人中，两成是在香港工作的日本人，一成是欧美人，剩下70%都是香港人。当然，大众化的居酒屋在香港也已经多了起来，并且闹市区的拉面店和旋转寿司店几乎跟茶餐厅一样俯拾皆是。

就跟看到纽约的美国人去寿司店一样，见到香港的当地人也会去日本餐厅，我作为日本人自然是喜闻乐见的。但每每和香港人一起去香港的日本餐厅时，总有一事甚感遗憾——清酒的种类太过有限。对于爱酒之人来说，香港本就无可炫耀之处，日本酒的知识又不如葡萄酒那么普及，香港人喝日本酒，基本上都是把日本著名制酒公司出品的清酒加热后再饮用。

那么，爱酒的老饕从香港来到东京又会碰出什么火花呢？我们再介绍一首也斯在东京创作的食事诗。

大爱茶泡饭的"香港本雅明"

先说说我跟也斯的相遇吧。第一次接触也斯的作品，是1994年香港牛津大学出版社出版的《记忆的城市·虚构的城市》。移民诗人北岛等人通过当时在挪威发行的文学杂志《今天》的广告获悉此书后，在东京的中国书店订购了此书。据说这是也斯耗费十年岁月创作的自传体小说，通过"我"这个留学生与纽约、旧金山、巴黎及台北等地的人们，尤其是与香港诗人和戏剧表演青年的对话，将现代欧美文化与香港知识分子之间的关系娓娓道来。我对这个讲述战后香港第一代人知性成长的故事颇感兴趣，于是在1995年1月的报纸读书栏中撰文介绍了此书。同年夏天，我前往美国参加哈佛大学李欧梵（1942— ）教授主办的香港文化研讨会，没曾想受邀的香港教授中就有也斯。

在为期一周的研讨会上，我认识了郑树森教授、陈国球教授等多位香港学者，正式关注起香港文化。这期间与也斯的相遇印象尤为深刻，从此我便开始与他交换各自的书作和论文。此外，1998年7月，也斯访日参加在东京召开的国际性诗人集会时，还到东京大学文学系看望了我。

此行是也斯自学生时代做背包客来日旅行后的首次访日，为了欢迎诗人时隔二十年重访日本，我请他去了汤岛名叫Shinsuke的居酒屋，就着生鱼片和冷豆腐，以清酒传杯弄盏。也斯好奇心旺盛，向追着出来打招呼的居酒屋女老板问了许多有关菜品的问题。饭局最后，我问他想吃梅子茶泡饭还是鲑鱼茶泡饭，他回说茶泡饭只在小津安二郎的电影中见过，因而两种都想尝尝。于是我要来两个空碗，跟也斯一人一半将梅子和鲑鱼两种茶泡饭分而食之。

那次相聚之后，2000年4月时我邀请他以《诗・食物・

城市》为题来东大演讲和朗诵。与他同来参加此次公开演讲的还有他的学生——研究东亚电影史的黄淑娴博士，她演讲的题目是《越境与异文化——关于近期的香港电影》。次年，为财团法人东方学会主办的国际会议策划"香港文化身份的形成"这一研讨会时，我又邀请了他们两个前来演讲。

在研讨会上担任评论员的四方田犬彦是一位电影评论家，同时也是比较文学研究者。以20世纪40年代意大利新现实主义为开端的战后世界电影史中，香港是80年代电影的先锋。这是"文革"以及在其影响下发生的香港反英暴动（1967）之后，香港知识分子发起的一场艺术运动，也斯就是这些优秀香港文化人中的一员。他参演布莱希特戏剧的粤语版，在吟诵日常的诗歌中托寓香港回归（1997）等大事件，堪称香港的本雅明。四方田发表上述昂扬评论的情景，我至今铭记。此后他与也斯成为密友，2008年东京和香港同时出版了两人合著的城市文化论《守望香港：香港—东京往复书简》（岩波书店）。

寿司和天妇罗咏出的男女命运

后来，也斯几乎每年都会来东京，创作了多篇诗歌。先介绍一首食事诗中的杰作，名为《二人寿司》。据说这首诗的灵感来源，是1997年美国的一家寿司店。

我好想成为包裹你的海苔
你可愿意围绕我笨拙的形状?

你能否容忍我满身鲜明的海胆卵?
我爱你也得连起墨鱼、青瓜和蟹柳

诗歌开篇恋人间的对话,淋漓地应用了寿司的特征。从中文"你""我"的称呼上无法分辨男女性别,获得也斯的首肯之后,翻译时我在对话中适当地分配了男女角色。"我好想成为包裹你的海苔"可真是一句绝妙的甜言蜜语……也斯在诗歌的开头便展现了他的幽默,令我忍俊不禁。没过多久,这两人的爱情来到了十字路口。

无数过去的饭团回来扰乱我们寻找自己
清茶还是清酒犹在千百个路口上彷徨

看着寿司师傅手法娴熟地捏着寿司,两人的过去走马灯似的回放起来。是该点上一杯浓茶从恋爱的梦中醒来,还是喝着清酒继续沉醉其中?两人踟蹰不决。

我尝试接近你的柔韧触到了隐藏的尖刺
是你软壳螃蟹似蜘蛛的手足向我要求甜蜜?

褪去了层层外衣你停下来我似感到了颤栗
接近卷曲的核心好似冒犯了隐藏的苦涩

　　男友不懈求爱,女友则抗拒着他的粗心。我想起香港的居酒屋中也有在玻璃缸里昂首阔步来回走动的泽蟹,有人点单就会现场将它炸来入菜。

不认识自己的气味我的生腥竟也疏远了你
不过是舒展自己你的辛辣还是伤害了我

沉默了同排在碟子上也形同陌路
交谈吗胃中不觉又翻出无穷的宿怨

没有了爱傍晚进食只剩下物质的消耗
无所依归难道可信的只有蛤蜊的灵魂?

来自不同的城市各自经过不同的冬天

欣赏彼此亮丽的颜色为什么总难熨帖？

　　松竹梅的寿司套餐用完之后，沉默的二人只等着汤品上桌。两人在异乡共度数年的爱情，是否也将在今夜画上句号？还是说"我慢慢咀嚼逐渐消化你远海的鲜味／你在喧嚣中静止我在你的舌头上融化"，当他们从寿司店的吧台座位起身离开之际，两人又重走回爱的世界之中。

　　说完寿司再来谈谈天妇罗，虽有日本风情过浓之嫌，但天妇罗一到也斯的笔下便再不能等闲视之了。2002年8月我在新宿的"天妇罗 纲八"招待也斯，下面要介绍的诗作，是他就此写成的《清酒与天妇罗——记与藤井教授共饮》。

　　　品尝来自不同地方的清酒
　　　每个乡村有它独特的佳酿
　　　辛辣与甘美招致不同的读者
　　　需要耐性的学者好好咀嚼
　　　温文地研究它们的特性

　　　到最后发觉冰冻的冰淇淋
　　　也可以炸成滚热的天妇罗

食物的变化里充满惊讶
文字何尝不也如此?

舌头总有无尽的探索
雷霆与夜空的肚皮
爆裂成玫瑰的嫩瓣
蜻蜓与昆虫的触指
探索火山熔岩的温度

在白天与黑夜之间来回
偷渡夕阳的余温
从一团模糊的棕衣底下
猜测他们原来的形状

忖想他们独特的个性
一个命途坎坷的女译者
一个社会边缘的文人
一些跨过边界而被两边遗忘的名字
我们在流行的蔬菜以外与他们相见

发现他们心中的甘甜

细味大吟酿一边倾听：那可是

米粒煮沸时发出既辛又甜的吟唱？

我们饮下去就知道冷暖

　　享用了鲍鱼、蛤蜊、南瓜和纳豆等之后，我们闹着玩时点的冰淇淋天妇罗，竟催生了这首诉说异地男女命运的诗歌，其灵感的来源，想必就宿于盛装大吟酿清酒的酒杯之中吧。

四、台北酒吧盛行的缘由

为台湾酒正名

美食小说家南条竹则著有一本题为《玩味中华》(新潮社,2001)的文集。不言而喻,这是一本让人欢享中国菜肴和酒品的"美味"书籍,在"台湾温情故事"一章的第五节,有这样一段话。

> 对于热爱中国菜的人来说,台湾堪称一片极乐之土。唯一令人惋惜的是美酒难觅。记忆中藤井省三曾在著作中提过,把台北市面上出售的酒全都试过一遍后发现全然不合口味。我也有同感。
>
> 而且这里与香港不同,不售大陆产的酒,真是伤脑筋。思来想去,必定是源于非把当地酒推销给居民的保护政策。

南条估计是想起了我在拙作《现代中国文化探险》的台北一章中写过，曾把便利店架上的十种台湾酒都尝了个遍，酒味无一不平淡，实在喜欢不起来。不过，这是我1997年夏天在台北济南路公寓中生活一个月后得出的经验之谈。三年后，我又在济南路住了两个月，给了同一便利店的酒品第二次机会，竟发现情况大有改善。有鉴于此，本章我得先为恢复台湾酒的名誉而发声。

甲午战争之后，日本负责对台湾进行殖民统治的机关是台湾总督府。根据范雅钧的《台湾酒的故事》，总督府在1903年开始征收酒税，1922年财政困难时颁布了台湾酒类专卖令，除90度以上的酒和啤酒之外，酒类实行专卖制度。据此，台湾岛内的制酒工厂转由专卖局经营，清酒等从岛外进口的酒类需与专卖局直接签订合约。总督府的酒类专卖制度是对原料栽培到制造贩卖的所有环节实施直接管理的彻底专卖制度，成为政府的巨大财源。

实行专卖之前台湾曾有210家民间制酒工厂，专卖令颁布后，集约成了12家官办工厂。过去民间小规模工商业者经营的时候，即便是同一种酒也要取上十几种不同的品牌名，而专卖局则简化成了清酒、米酒、高粱酒等十数种。为了方便搬运，盛酒的瓮和木桶被换成玻璃瓶，并且在制造方法上也引进了最新的研究成果和制酒技术，因而专卖之前1524石的产量，十八年后便激增至3.7万石，翻了二十多倍。

台湾历史最悠久、现在仍享有最高人气且常用来烹饪的米酒，在酒类专卖后经历了技术革新，能够用更少的原料制造出大量品质更高的产品。

就此，日据时期的台湾确立了清酒、啤酒这类酿造酒为高级酒，蒸馏类的米酒、高粱酒为大众酒的局面。但1945年国民党统治台湾后，台湾总督府专卖局转为国民党政府的台湾省专卖局，将日本统治时期被排除在外的啤酒也纳入专卖制度。此外，国民党政府为推进台湾的去日本化及中国同化政策，停止了清酒的酿造，开始生产绍兴酒和高粱酒。尤其是绍兴酒，据说因是国民党独裁者蒋介石（1887—1975）故乡浙江省的名酒，选中了台湾中央山脉气温低、水质好的埔里工厂作为生产基地。

范雅钧在书中说到，在戒严令之下，台湾的高压政策和经济困难状况具体而微地反映在了酒类的生产和包装上。被简化了的酒类商标设计，不管是彩色印刷还是包装都有欠洗练，酒的外观与日本殖民统治时期相比竟给人时光倒退之感。恐怕倒退的不光是设计和包装，还有酒的味道吧。虽然台湾在日据时期已经完善了近代酒类生产的基础建设，但国民党政府却在造就能够引以为豪的台湾地方酒这一点上偎慵堕懒。

在国民党统治时期的台湾大地上，独树一帜成功生产出地方佳酿的只有金门岛这个地方。金门岛在行政上属于福建省，处于台湾省专卖局的管辖范围之外。于是1949年以后，当地民众致力于高粱酒的制造和品质改良，成功开发出了人们熟知的金门高粱这款名酒。然而，台湾岛内因为台湾省专卖局对销售的垄断和限制，一般酒馆基本都没法买到此酒。

到1992年，台湾与大陆的紧张关系得到缓和，金门岛也随之解除战地政务，高粱酒的生产限制被取消。进而到了1998年，金门的酿酒厂大幅增产，中级品质的辣味"特级高粱酒"开始出现在台湾的便利店中。2001年12月，台湾加入WTO，不仅停止了酒类的专卖，台湾省烟酒专卖局也转为股份有限公司，制酒正式向民间开放。

台北的酒吧文化

李昂（1952— ）1991年发表了名作《迷园》。书中的主人公是一位台湾鹿港世家出生、曾在日本和美国取得学位的现代女性。这部长篇小说述说了台湾在甲午战争后的殖民化，"二战"后经历国民党的强权统治，直至70年代成为高度资本主义化社会。该作与《杀夫》以及《自传的小说》（2000）

李昂（中间）与高中生们（1993年，于鹿港的茶馆）

合称鹿城三部曲。

《迷园》所采用的闪回、混用第三人称与第一人称等手法备受关注，其大胆的性描写也成为人们热议的话题。主角朱影红与地产界冉冉升起的企业家新星林西庚相遇的地方，是一家高级卡拉OK餐厅。朱影红的舅舅是地产公司的董事长，她作为特别助理，陪舅舅出席了中年企业家的晚宴，女性客人只有她一个，在场的其他女人都是骨架巨大且粗壮的陪酒小姐。上菜的同时大家都喝起酒来，男男女女混杂在一起划酒拳。

先顺带介绍一下酒拳。酒拳属于猜拳游戏的一种，两人面对面，口中一齐说出一到十中的一个数字，同时用零到五根手指出拳，两人手指的数量总和与口中所说数字相同的一方获胜。举个具体的例子，如果A说出代表一的口诀"一定发财"并伸出零根手指，而B说的是表示五的口诀"五子登科"且伸出五根手指，那么0+5=5，B就获得了胜利，输掉的A则必须喝干提前准备好的一杯罚酒。酒拳又称划拳，成年人重返童心再加上罚酒下肚，真是一片喧腾，好不热闹。

> XO 的白兰地不断被拿上来，倒入加冰块的公杯，琥珀色晶莹的白兰地俟冰块水溶后色泽变淡了，无光的黄褐色，再稀薄些，泛着死白的浅黄棕色……XO 的白兰地，还用来干杯，一小酒杯的白兰地，一叫印头，落入张开的嘴，消失不见。XO 的白兰地，也用来猜拳，很快速的，纸箱里一满箱二十瓶的 XO，大半已是空瓶。

70 年代还是禁止进口洋酒的时代，但大唱经济高速发展赞歌的台北企业家们，觉得用手掌悠悠地暖着白兰地酒杯以品其香气还不够，竟直接往被禁的 XO 中兑入水咕嘟咕嘟地喝起来。与其说这些年轻暴发户不把专卖局那些没滋没味的酒品放在眼中，独独醉心于 XO 的酒味，不如说他们是沉醉在自己能无谓靡费、畅饮洋酒的经济实力之中。

由此可见，70 年代新兴企业家的宴会始终少不了浮华的暴发户趣味。此后城市中产成熟，80 年代后半期，人们开始对造成社会严重扭曲的经济高速发展进行反思，于是村上春树和酒吧在台湾掀起了一股热潮。

飞机在德国的汉堡机场着陆时，37 岁的主人公"我"突然想到了 18 年前的恋爱往事，被深切的寂寥感再一次吞没。细想来，当时（60 年代后半期）的日本正处于经济高速发展的浪潮之中,城市容貌日新月异,熟悉的风景渐次消失……1989年,村上春树的《挪威的森林》在台湾也登上了畅销书榜,甚至出现了"非常村上"这样的流行用语。

与此同时,台北的大街小巷都涌现出了叫作Pub的个性化酒吧,年轻男女开始喜欢上葡萄酒和鸡尾酒。从1987年元旦开始,政府解除葡萄酒和啤酒的进口禁令,关税也大幅下调,1991年取消威士忌、白兰地等的进口禁令,对酒吧的流行应当也起到了助长声势的作用。补充说明一下,红葡萄酒在台湾被称为"红酒",白葡萄酒则叫作"白酒",大概是从这时开始,原本被称作白酒的米酒、高粱酒等蒸馏酒,与威士忌、白兰地一起被统称为"烈酒"。

我关注起台湾文学和电影并开始多番前往台北是1990年的事情。每次去台北,李昂等人总会带我去一些惬意的酒吧,我最中意一家叫作"躲猫猫"的店。进去后发现里面果真卧虎藏龙,在这里"躲"着的有作家、杂志编辑、摄影师,还有新闻文化部的记者。在你点上第二杯葡萄酒的时候,口袋里已经存下了好几张新名片。1997年时,市面上还出现了像《台北市Pub》这样的指南,书中分区域介绍了约50家个性鲜明的酒吧,并配以时尚的照片和插画地图。

等待地铁开通时的一杯鸡尾酒

台北之所以会出现酒吧文化,另一个原因是严重的交通堵塞。女作家朱天心(1958—)在《古都》等作品中多层次地描绘了台北这座城市,她的短篇小说《匈牙利之水》(1995)中有这样一节。

> 台北现在有很多这样的地方,原意只是一道吧台几张小桌、专业卖咖啡的,后来愈来愈多像我这种下了班为躲过交通拥挤只好在这里打发时间的人口,顺带卖起调理餐包、一些轻食,又研发出一些奇奇怪怪名字和口味的三明治我都不敢试,更后来,干脆也卖起几品调酒。

台北人口270万,在1996年3月首次开通兼具地铁和高架铁路功能的"捷运"之前,连1000米的地铁都没有。且这里有62万辆汽车络绎不绝,此外还得加上73.5万台在街上机敏穿梭的摩托车。从下午四点到八点之间,市内处处堵得水泄不通,即便家就在一二十千米开外,回去也需耗费两小时之久。因此,上班族等候自己的约会对象时,会在酒吧喝上一两杯鸡尾酒,已经结了婚的则通过寻呼机与伴侣联系,同乘出租车回家。

1988年，台北市宣称要用最新最好的高科技系统，投入总计4000亿元的特别预算建设六条捷运路线，但1991年年末预计应率先开通的木栅线，通车日期却一再延宕。从1993年开始，高架线龟裂、电车着火和脱轨事故频发，其间官员的贪污行为被曝光，国民党时任市长在1994年年末的选举也因此失利。对于台北市民来说，酒吧文化在专卖制度迎来终曲以及洋酒的解禁之前先一步形成，恐怕是不幸中的万幸吧。因为大家得以一边摇晃着鸡尾酒杯抱怨国民党的腐败，一边声援民进党陈水扁上任，期待着在这位在野党市长的领导下，六条共计65千米的捷运线路逐一开通。而捷运启用之后，台北酒吧的生意又更上了一层楼，因为探访酒吧也变得越发方便了。

五、台湾文学中的清酒

辻原登与台湾文学

2002年3月的台北国际书展上,日台作家召开座谈会。会议期间,芥川奖的获奖作家(1990年凭《村的名字》获奖),以《曼侬的胴体》《飞翔的麒麟》《约定》等名作广为人知的辻原登(1945—)做出了如下的发言。

> 最初,我看了侯孝贤(1947年生于广东省梅县)、蔡明亮(1957年生于马来西亚古晋市)的电影大受震动,通过他们的电影开始了解台湾。此后,我阅读了李昂《杀夫》的日译本,所受的冲击比电影更大。自此,我对台湾文学产生了浓厚的兴趣。(《台湾日报》,2002年3月5日号)

鹿港槟榔摊（1993年）

鹿港庙中。中间站着的是李昂（1993年）

《杀夫》出版于1983年，是李昂（1952— ）的初期代表作，在当代台湾文学中可算作一部偏古典的作品。1993年我翻译这部小说时恰逢该作出版十年，看了台湾报纸的报道我才知道，辻原是看到我的译文才对台湾文学生出了兴趣，着实令人欢欣。其实，我自己也是在80年代末偶然读了李昂《杀夫》的大陆盗版书，才领会到台湾文学独特性的。

《杀夫》小说的时代背景可能是台湾经济高速发展前的20世纪40年代。故事发生在中部城市鹿港，这里清朝时是台湾屈指可数的繁荣海港城市之一，后来成为废港。主人公林市是没落读书人家的最后一代后裔，少年丧父，母亲因饥饿委身于一个过路的士兵，据说因此被林氏族人沉了江。吝啬的叔叔为了一点猪肉把刚到婚配年龄的林市嫁给了屠夫陈江水。文中记述了受陈江水嗜虐性凌辱的林市、隔壁令人脊背发凉的老女人、陈江水与体态丰腴的妓女金花苟合等种种之后，因饥饿、恐惧和绝望而精神错乱的林市拿起了丈夫的屠刀……

在中国，以《金瓶梅》中的潘金莲为典型，女性杀夫必有奸情。与此相反，李昂笔下的，是不堪虐待而弑夫的女性，或者说她刻画的是对容忍丈夫虐待行径的社会制度进行反抗的女性。不管是暴力压制妻子的丈夫还是其周遭的人们，在传统社会中都无一不是孤独又可悲的存在，作者通过对女性歧视的描写，巧妙地让这一点浮于纸上。

《杀夫》除了日本外，还在英国、法国、荷兰、德国、瑞典、美国（初版、第二版）、韩国等地被翻译出版，可谓世界范围内最为驰名的台湾文学作品。

《杀夫》中的清酒白鹿

《杀夫》中有一个场面，写的是女主人公第一次喝清酒。

新婚第二天，在昨夜和今晨两度遭到丈夫强奸似的侵犯之后，林市还是勤快地做着家务。傍晚时分，她在灶上焖了饭，热了昨天喜宴剩下的猪肉。一大早在屠宰场工作，下午去赌博的陈江水回家后睡到很晚。见他睡醒从卧室出来，林市把一锅剩菜端到竹桌上，拿着碗正准备盛饭，但陈江水却从竹制的橱柜中取出一瓶"白鹿"清酒倒了满满一碗,大口大口地独酌了起来。

喝高兴之后,陈江水哼起了情歌:"二更更鼓月照庭/牵娘的手入秀厅/咱今相好天注定/别人言语不可听。"林市挨着温煦的灶台,身子顺势滑溜到地上,蹲着半睡了过去。从她懂事以来,今晚是第一次吃饱饭。这时陈江水骤然暴喝一声:"死到哪里,不会来倒酒。"

林市在叔叔家也常被如此呼喝,出于本能,她即刻若无其事地走到丈夫身边,陈一把搂住林市的腰并命令道,"来,臭贱查某,陪我喝酒",揪着她说:"喝,喝喝"……

  林市接过来,尝一口,冬寒时偷酒御寒,林市得以挡过许多寒天,私酿的浓白黏稠米酒,入口呛喉,都曾尝过,那清酒自不在话下。看林市毫无困难的一口饮下酒,陈江水反倒有些意兴索然,回手一挥:

"去,去,滚一旁。"

将林市推出好几步,林市一个踉跄,跌坐在地上,陈江水呼呼喝喝的笑了起来,从口袋抓出几个铜钱,向林市脸面掷去。

"老子今天赢了,赏你几个臭贱查某开苞钱。"

陈江水是个粗暴的施虐狂，但有时也会慷慨大方；年轻的林市不谙世事，从小没了母亲，在贫寒的叔叔家长大，受着虐待还要做家务。通过喝高级清酒这一场面的描写，两人的性格鲜明可见。陈江水在屠宰场是个干活利落的手艺人，足以靠一份月薪过着稳定的生活，因此每晚都能喝上白鹿清酒。而附近的渔民们，只有遇上集会这样的场合才能说一句"干！到我那里喝他一瓶白鹿清酒"。

就此看来，清酒，尤其是白鹿牌清酒，在《杀夫》的诸多重要节点发挥着举足轻重的作用。那么，为什么以40年代的台湾为舞台创作的小说需要白鹿清酒这样的小道具呢？

日语版《杀夫》刊行之际，我申请了东大文学系的布施博士学术基金，邀请李昂赴日演讲。当时，我在东京本乡地区的居酒屋点了清酒白鹿，趁势向作家本人提出了这个疑问。李昂似乎对日本如今还有白鹿清酒颇感惊讶，回答道："我以为白鹿是台湾酒。我小的时候，父亲和叔叔们有时会说起以前喝过白鹿，所以在小说里用了它。不过，在我长到能喝酒的年纪时，白鹿已成人们的回忆，今天是我初尝此酒。"

台湾与日本酒

据藏元辰马本家酒造的官网（http://www.hakushika.

co.jp/history/）介绍，白鹿品牌于1662年创设以来有350多年的历史，作为神户滩区的名酒，明治维新后创下了全国第一的酿造量纪录。1920年成功酿制出全新的高档酒，开始销售木桶装"黑松白鹿"。1930年瓶装工厂竣工，其产品远销美国、欧洲及中国。

也许是气候的关系，一直以来日本清酒的产地最南只到熊本县（2017年时鹿儿岛也开始酿造清酒），由此往南几乎不见酿造酒文化，转而构建起了蒸馏酒的文化圈。在熊本，美少年①等清酒尚能与白岳②等烧酒共存，而鹿儿岛和奄美则属于彻彻底底的烧酒王国，再向南到冲绳就踏入泡盛③文化圈了。台湾位于冲绳以南的亚热带，清酒白鹿又是缘何传到此处并成为陈江水爱饮之酒的呢？

台湾很早就有南岛语系的少数民族，16世纪后，由于该岛处于海洋交通要塞，且适宜稻米、糖等作物的栽培，因此移民不断涌入，台湾步入了加速开发的历史。明清时期大量汉人自福建、广西两省迁居此地，同时，荷兰人和西班牙人

---

①美少年为日本酿酒企业，总公司位于熊本县菊池市。——译者注
②白岳为高桥酒造有限公司出品的烧酒，总公司位于熊本县人吉市。——译者注
③由于冲绳等地气候炎热，须得用黑曲发酵方得有效抑制杂菌繁殖，这种酒被称为泡盛酒。——译者注

开始在此殖民。

汉军与欧洲的殖民势力围绕台湾相互角逐，1661年郑成功（1624—1662）率军压制住台湾岛西南部的台南一带，成功从殖民者手中收复台湾。1644年清王朝建立后，郑成功为反清复明将台湾作为基地，郑家三代治理台湾22年，1683年台湾归入清朝版图。

清朝康熙年间，台湾还是隶属福建省的台湾府，台南设有官衙。到光绪统治的1885年，台湾脱离福建省成为台湾省，台北被定为省会，台南设台南府。甲午战争后的1895年，台湾成为日本殖民地，鼎盛时期日本人的人数超过40万。

前述范雅钧著《台湾酒的故事》中提到，在清朝统治时期，台湾当地虽制造汉族从大陆引进的蒸馏酒和白酒，但生产仅仅停留在副业层面，技术落后且品质低劣，高级白酒和绍兴酒都是从大陆购入的。

此外，与大米同属台湾两大经济作物的甘蔗是生产台湾白酒的主要原料，农民会把自家制酒后剩下的酒糟当作猪饲料使用。生产白酒的小屋就建在猪圈的边上，据说为实施殖民统治来到台湾的日本人见此卫生状况都吓得两腿发软。由于清酒易腐败，日本会实施严格的卫生管理，而且酒的生产在日本还被人们视作一种神圣的行为。

日本殖民统治台湾以后，岛民开始饮用清酒和啤酒，从大陆进口的酒面临着关税的壁垒，只得居于下风。清酒之中，滩酒占市场份额的六成以上。辰马本家商店是台湾三大清酒进口商中的龙头老大，旗下白鹿、枫白露、白鹿正宗等品牌拥有台湾清酒市场27.5%的份额。为了对1931年设立的台北市民电影俱乐部"台北电影联盟"进行调研，我查阅过日语报纸《台湾日日新报》，上面有大篇幅的广告写着"理想的高级酒礼盒/黑松 白鹿"（1932年2月2日第一面）。

即便如此，到了夏季，清酒在台湾的销量仍会减少，辰马本家因此开出惠比寿啤酒的代理店，啤酒所占的市场份额亦高居30%。

此外，台湾当地也着手酿造清酒，在日本人聚居的台北和可用作原料的台湾米产地台中等地都建设了工厂。20世纪30年代，创设高级酒"瑞光"、中级酒"福禄"和最为平价的"万寿"等品牌。1937年抗日战争爆发之后，从日本进口的酒量减少，于是台湾酿造出高级清酒"凯旋"以弥补其中的缺口。范雅钧也感叹道，台湾清酒在和平年代起的都是"瑞光"这样喜气的名字，打仗时则斗志激昂，连酒名都用上了"凯旋"一词。

自古以来，白鹿在中国一直都是祥瑞，被认为是吉兆，也是象征长寿的灵兽。且过去台湾岛内有鹿在此繁殖，从荷兰殖民到清朝统治期间，台湾当地少数民族捕获的鹿皮和汉族农民栽培甘蔗制成的砂糖都是向大陆出口的主要商品。而《杀夫》的舞台同时也是李昂故乡的鹿港，也是因为汉族移民初期时有鹿群栖息此处而得名。

数年前，我计划在台北度过一夏，趁着在成田机场候机的工夫去免税店里寻觅送给李昂的伴手礼，竟找到了一升装的白鹿。现在台湾市面上的白酒和绍兴酒，一瓶的容量多为600毫升，一升装的大瓶很少见。我在候机厅怀抱着白鹿，预备给李昂一个惊喜。一时间，日本和台湾地区之间围绕鹿、酒与文学的奇妙因缘思绪翻飞。

世界篇

小引

在北京篇第一章"北京啤酒用碗喝,香港电影北京看"的末尾我提到过,20世纪90年代不断衰颓的中国电影在2002年迎来复苏,并且介绍了张艺谋的"大片"电影以及贾樟柯的底层叙述。

贾樟柯(1970—)导演的处女作《小武》(1998)以及第二部作品《站台》(2000)都把舞台设在了山西省的汾阳,他将镜头对准了青年扒手以及在地方上巡回演出的文工团员等底层社会代表,或者即将被打入底层社会的年轻人。此后,他进一步开掘作品中的底层叙述,以大同为舞台拍摄《任逍遥》(2002)。片中的母亲因国有企业倒闭下岗后在宗教活动中寻求救赎,儿子高中毕业后无所事事,沦为拙劣的少年银行抢劫犯。

何为底层?面对这一问题,中国诗人廖亦武(1958—)做出如下回答。

……被剥夺了话语权的人，一辈子应付生存问题，生存却经常面临危机的人。学者们把他们叫做"沉默的大多数"。（廖亦武著，刘燕子译：《中国底层访谈录》，集广舍，2008，3页）

此前将北方的汾阳、大同、北京作为电影舞台的贾樟柯，拍摄《三峡好人》（2006）时一口气南下，将舞台设在临江的港口城市。随着三峡大坝的开建，名叫奉节的小城将被沉入湖底，许多居民迁离此处的同时，为了参与大坝建设和旧房拆除工程，藏有猫腻的开发商以及外来的民工在小城聚集起来。烈日炎炎之下头戴安全帽、打着赤膊的男人们挥舞锤子，将奉节拆剥成了一个裸露着钢筋、砖块与水泥瓦砾的小城。《三峡好人》中有两组山西男女登场，这里我想谈一谈底层煤矿工人与他的前妻。

原为农民的三明因旱灾做起煤矿工人，为寻找妻女来到奉节。十六年前，他用三千元买回老婆的违法"买卖婚姻"被警察侦破，当时年纪尚轻的"妻子"要求返回故乡，于是她带着年幼的女儿回到奉节。三明找了个破落的住处，店家开价一天3元，他讨价还价以1元2角的价格住下。在工地拆除劳动期间，民工三明终于再次见到前妻。此时她因为哥哥欠下的三万元债款给其他男人当了情妇，而三明的女儿则去了更南方的广东省东莞市打工，最终没能与他见上面。三明下定决心解救因欠款成为奴隶的妻子，他带着满脸希望的喜气返回了山西煤矿。

在2013年的作品《天注定》中，贾樟柯讲述了四个男女的故事。经济高速发展的社会之中，政治腐败与贫富差距招致地缘、血缘关系的破坏，被夺去爱与希望的主人公们只得跳进他杀或自杀的旋涡。在《天注定》这一片名之下，四个故事虽时空各异却连环相扣，在因果循环之中，导演重新审视了三起杀人事件和一起自杀事件的深层内在。第一、第三两幕是被剥夺尊严的弱者以杀人做出最后的抵抗；第二、第四两幕述写的是想尽一切办法都无法从被剥削阶级往上爬的绝望之人，一个抢劫，另一个自杀。贾樟柯始于《小武》的底层叙述，在《天注定》中已达到很高的完成度。

那么，他的底层叙述在接下来的作品《山河故人》（2015）中又是如何展开的呢？该作的主人公是出生于汾阳的女性沈涛以及她高中时的两位男同学，影片跨越了三个时代，分别是1999年、2014年和不远的2025年。

1999年在汾阳做小学教师的沈涛身边有两个爱慕者，一位是实业家张晋生，另一位是煤炭工人梁建军。她最终选择与张成婚，梁失恋后去了远地的矿山。沈涛生下一个男孩，张给儿子取名Dollar（到乐）。

2014年，沈已经跟张离婚并辞去教师工作，与父亲一同在汾阳经营加油站，过着富裕的生活。梁遭到煤矿解雇时还患上肺病，离开煤矿后他带着妻子和幼儿回到汾阳。一筹莫展之时，沈给了他三万元巨款用来支付住院费。沈涛的儿子Dollar与风投家兼资本家的张晋生及其后妻住在一起，父亲过世时沈把儿子叫了回来。参加完葬礼后，她把家门钥匙交给儿子并将他送回上海。

2025年，张晋生为了躲过十一年前的反腐败运动移民澳大利亚，跟后妻分开后与Dollar生活在一起。Dollar这时已经是个只会讲英文的大学生，为反抗父亲离家出走，与大学新来的中文教师Mia成为恋人。Mia在香港回归中国的前一年移民加拿大并与白人成婚，进入澳大利亚的大学后便离了婚。为了寻根，Dollar计划跟Mia一起回汾阳……

在这些登场人物中，能称得上是底层社会人物的只有梁建军，而他穷困之时救助他的还是有产者沈涛。沈涛的父亲过去是经营电器店的个体户，她自己则是小学教师，之所以能过上富足的生活，估计是与张离婚且放弃儿子抚养权后从前夫那里拿到了巨额补偿金。也就是说，本作中的底层阶级要靠着资产阶级的怜悯才能勉强谋得一线生机，与《三峡好人》中三明顽强的生存之道截然不同，与《天注定》里手拿武器负隅顽抗的底层社会人物更是有着天壤之别。贾樟柯以《小武》为开端的底层叙述，到《山河故人》时已然呈现出很大的变化。

就底层叙述而言，《山河故人》是薄弱了一些，但电影中展现了有钱中国人移民海外这一过去不曾有的现象，足以发人深思。张晋生在晋升风投家和资本家的过程中，究竟是向当权者行贿了还是逃税了，电影中没有言明。他险些在"反腐败运动"中遭到检举，因移民澳大利亚才逃过一劫，在澳洲整日闲游还有将儿子送进大学的实力。但是，这种高等游民的生活令他百无聊赖，他既不学英语，也融入不了当地社会，唯一的社交就是与跟他境遇相同的中国经济罪嫌疑人讲讲"反腐败运动"时期的回忆——只不过这种时候他单手握住的不是酒杯，而是茶杯。

澳大利亚PUB里啤酒的品质有口皆碑，澳洲产的红酒还席卷了中国葡萄酒的中级品市场。不过，张晋生正如其名，是生在山西省的男性，山西省可是杏花村汾酒等白酒的著名产地。虽说他以经济罪嫌疑人的身份逃亡澳大利亚，但说不定还是个非白酒不饮的爱乡人士。

既然说到了人名，再看看Mia这个名字，是missing in action（作战失踪人员）一词的简称，似乎象征着她从香港到加拿大，再从加拿大流浪至澳大利亚的浮萍半生。

本篇将带领各位环球一周，前往纽约、布拉格、新加坡和首尔，畅饮中国酒，闲话现代华人文化二三事。

一、纽约唐人街的绍兴酒

美国恋人

我初访美国是在 1995 年的夏天,为"寻找恋人"停留了三个月。这"恋人"并非鄙人的女友,而是可与鲁迅、周作人比肩的近代中国大知识分子胡适(1891—1952)的恋人。

连同辛亥革命在内,胡适在美留学共七载。他先在纽约州伊萨卡市的康奈尔大学学习农学,接着前往位于纽约市曼哈顿的哥伦比亚大学研究生院,师从实用主义大师杜威,修习文学和哲学。留学期间,胡适与名叫艾迪丝·克利福德·韦莲司(1885—1971)的纽约达达艺术流派画家有过一段轰轰烈烈的恋情。

韦莲司家属于伊萨卡市的名门望族,她的父亲是康奈尔大学的教授,最高曾任地质系主任。韦莲司九岁左右就跟从家庭教师学画,现在耶鲁大学贝尼克珍本与手稿图书馆中藏有韦莲司的资料集，里面还收录了她幼年时期的作品等。1906年就读耶鲁大学后她便动身前往欧洲，据说还拜在巴黎著名艺术学校朱利安学院的让－保罗·劳伦斯（1838—1921）门下。后来，韦莲司遇到了主张摄影本身的特点及表现方法的美国摄影分离派运动先驱阿尔弗雷德·斯蒂格里茨（1864—1946）并深受影响，因此略去自己的女性名"艾迪丝"，只保留男性中间名，自称克利福德·韦莲司。

此后，使400万人战死沙场，给欧洲各国带来惨痛代价的第一次世界大战爆发，欧美出现前卫艺术——达达主义，对动员整个工业化社会进行杀戮和破坏的国民国家体制进行批判。在"一战"期间从欧洲逃亡纽约的毕卡比亚（1879—1953）及马歇尔·杜尚（1887—1968）等人的影响下，纽约达达主义形成，韦莲司作为达达派新锐画家广受瞩目。

1915年2月13日的《胡适留学日记》对两人的约会进行了如下记录。

> 一时往访韦女士于其居，女士为具馔同餐。谈二时许，与同出，循赫贞河滨行。是日天气晴和，斜日未落，河滨一带，为纽约无上风景，行久之，几忘身在纽约尘嚣中矣。行一时许，复返至女士之居，坐谈至六时半始别。

女士深信人类善根性之足以发为善心，形诸善行。

隆冬时节纽约的寒冷，东京远不能与之相提并论，热情燃烧的两位年轻人，似乎把这天寒地冻都抛诸脑后了。

此次实地调查的收获匪浅，我将以往胡适研究者未曾触及的韦莲司的画家生涯梳理一清。她是在美国美术史上如彗星般登场又消失的纽约达达派画家，是胡适谜一般的恋人，是后半生在康奈尔大学兽医学系图书馆笃实工作的图书管理员，是在伊萨卡小城勤恳照料母亲和叔母的老姑娘，有关韦莲司的这些碎片化的记忆终于得以拼接完整。胡适在1917年归国后，旋即提出使用以口语为基础的白话文建立国民国家的文化战略，与鲁迅等人一同成为文学革命的旗手，又为北京大学的学术教育革新各方奔走。30年代又作为国民党政府的智囊团，致力于中华民国的建设。中华人民共和国成立前夕赴美，其后来到国民党统治下的台湾，担任"中央研究院"院长。在发表抨击国民党的言论弹压政策的演讲时因心脏病发溘然长逝。胡适对美国民主主义的信仰，以及他一直以来怀抱的国民国家、工业化社会梦想，其原点当是他与韦莲司的恋爱体验。

中国菜的东回法则

以纽约哥伦比亚大学为据点，我乘巴士和火车穿行在美国东部各城市之间，追寻着中国文学家与美国达达主义者的恋爱轨迹，这一夏的见闻实在感人肺腑。在图书馆、美术馆、古文献馆泡了一天之后，走进开在街边的咖啡馆喝着美国东部各地的啤酒、葡萄酒，能让我忘却独自在外工作的寂寥。哥伦比亚大学前开着一家名叫 West End 的啤酒馆，有一次我正坐在吧台前一杯又一杯地喝着啤酒，酒馆老板给我上了一杯葡萄酒说是"On the house"（店里请客）。不过，令人头大的是，跟地方酒不同，在一般的咖啡厅里不管点牛排还是煎鸡蛋卷，味道全都一言难尽……

初来乍到，在适应美国的生活之前，我偶尔会去纽约的唐人街。中国人正式开始移居美国的时间是 19 世纪中叶，最初在西海岸从事金矿采掘工作。南北战争（1861—1865）之后，美国着手修建横贯大陆的铁道，中国劳工受到雇佣，到 1882 年禁止中国移民的法案出台为止大约有 30 万人远渡美国。其中的一部分中国劳工在 19 世纪 80 年代时迁至美国东部并流入纽约，定居在曼哈顿南部，于是坚尼街一带便形成了唐人街。由于这一时期制定的《排华法案》等原因，纽约州的中国人口到第二次世界大战时只剩不到 1.4 万人，1965 年移民法修订后，中国移民的数量再次激增。到 90 年代中期，纽约市内的华人超 30 万，其中半数住在曼哈顿的唐人街。这里成为西半球最大的华人社会。

但叫人诧异的是，这唐人街里的中国菜竟算不上好吃。样子看上去是广东菜，味道却说不上是无国籍风还是被美国化了。我去试过烧卖等点心配茶水一起享用的"早茶"，普洱茶甜到发腻，因为茶壶里除了茶叶，还放了白砂糖。我跟看上去像是新移民的中国服务员抱怨起来，他解释说："我也不想在茶水里加什么砂糖，但纽约的客人似乎就喜欢这么喝。"

纽约的调研结束后，我取道芝加哥、丹佛前往西海岸，把各地的中国菜都试了一试，越往西味道也越好。在波士顿已经见不到往普洱茶里加砂糖的野蛮习气了。不过，把茶壶的盖子揭下，在里面盛上小山一般的砂糖再摆到热气腾腾的无盖茶壶边，这样风雅的点茶之法倒是有的。

再到旧金山和洛杉矶时，中国菜已是不逊于中国本土的绝品了。美国的中餐，在中国移民最初登陆的西海岸最可口，越往东受到美国食品的同化越严重，东端纽约的情况最是恶劣——这就是我总结的"中国菜的东回法则"。

有天晚上，我在这最差劲的纽约曼哈顿唐人街喝了绍兴酒。心想着从中国进口的东西肯定错不了，从杯中啜了一口才发现，这酒的颜色确实是偏红的焦糖色，但毫无香味，入口舌头一阵刺疼，格外难以入喉。我确认了一下瓶身上的标签，印着中国·浙江省·绍兴产。同行的朋友想起酒瓶拿上来的时候已经开过封，结账时酒钱是单算的，还要求现金支付。想来是服务员背着老板在名酒的空瓶里灌上廉价酒出售，以此赚些外快。

七年后的 2002 年 3 月，我为参加哥伦比亚大学举办的国际学会再访纽约。此时旅居美国华盛顿的郑义（1947—　）将 W 女士介绍给我认识。她是北京人，1977 年在"文革"后恢复高考的第一年考入名校英语系。毕业后被分配到开在中国的美国出版社从事口译工作，借此契机于 1985 年来到美国，在大学修习历史学，后从出版社出来单干，成为中国作家的翻译出版代理人。我提出想再去唐人街看看，于是她请我们在新开的上海老正兴吃晚饭。上海老正兴是一家上海老字号饭店，在香港北角也有分店。曼哈顿这一家不知是不是上海老字号的分号，饭菜味道不俗，端出的绍兴酒也是瓶装的中级品。

伊拉克战争时重访纽约

次年也就是 2003 年的 3 月，我为出席 ASS（亚洲学会）

前往美国,这是我第三次去纽约。这回入住的是中央公园西侧的中档酒店,房间里既没有热水瓶也没有烧水壶。问过前台后,给我送来了用纸杯装着的热水。这种亲切的服务态度虽是可贵,但因为时差半夜两三点钟醒过来的时候,是等不及这杯热水的。于是我沿着百老汇走到大中央总站,一路上只见卖数码相机等高档商品的店铺,没有出售电热水壶这种低价产品的。我想到唐人街里肯定有卖,于是次日一早就搭上地铁去了,在那里看到两种美国产的烧水壶,分别是13美元和18美元。顺道在以前常去的茶铺买了100多克的普洱茶。

这次访美正值伊拉克战争刚刚开打,纽约上空一片阴霾。时代广场地铁站的检票口有一组白人士兵和黑人警官持枪站岗,站台上一位中国音乐家手拿竹笛,演奏着福音歌曲《奇异恩典》悲伤的旋律。ASS相关人员邀请我们去吃寿司,席间谈到了伊拉克战争,华裔美籍研究者表示:"作为美国国民,我为这次开战向诸位致以歉意。"

会议开幕前,我还去台湾作家施叔青(1945—)位于曼哈顿的家中拜访过。她在香港住过很长时间,基于这一生活体验她创作了小说《维多利亚俱乐部》,我在2002年末翻译出版了此书。她的妹妹李昂(施淑端,1952—)著有《杀夫》《迷园》等在日本亦广为人知的作品,两人以施家姊妹作家之名享誉世界。施叔青也认为伊拉克战争是一场为争夺石油而发起的进攻，还告诉我她跟美国白人丈夫参加了二月份的反战市民游行。

前面提到的W，她也在纽约市东部的新兴唐人街法拉盛的中国餐馆里表示过，反对战争，企求能早日结束。不过，在场有一位曾为追求中国民主化几次入狱，现旅居美国的老作家，只是重复表示自己的日常生活安全稳定，似乎并不关心美国攻打伊拉克一事。

纽约唐人街的广东潮州酒家（1995年）

二、布拉格地下酒吧的中国诗

欧美的中国现代文化研究开端

中国近现代文学的发端,一般认为是20世纪10年代末的五四新文化运动时期。在此期间,以陈独秀、胡适等人的理论活动为基础,言文一致的文学革命兴发起来。1918年短短一年的时间内,鲁迅创作《狂人日记》,胡适翻译易卜生的《玩偶之家》(与罗家伦共译),周作人发表《人的文学》,使用的都是白话文。人类、内在、恋爱、家、货币经济制度等起源于近代西欧的重要概念,都在这一时期同登中国舞台。

与古典中表示"文章博学"之意的"文学"不同,跟literature的概念相对应的新"文学"概念在明治日本定型后,于20世纪之初连同"文学"这个词汇一起传入中国。此后,文学逐渐成为冀求在中国建设共和国的新兴知识阶级的言论武器。历经20世纪20年代中期的国民革命后,30年代中国建设起以国民党为中心的国民国家,现代中国文学就此迎来黄金时代。

有一群日本语言学家,组成了一个东京外语团体,他们关注着这场在中国文化界刮起的飓风,并且对新出现的文学抱以强烈共鸣。

东京外国语大学中文系出身的中文教师和毕业的出版界人士,通过中文教科书、学习杂志、译本、中文讲习会以及中文讲座广播,努力将当时中国年轻的精神面貌传达给日本人。东京外语团体与中国文化界的国际交流并未停留在铅字的疆界之内,还延伸到了个人交往之中。不仅有谋划将病弱鲁迅接到日本进行疗养的出版人,还有让巴金(1904—2005)长期在自家寄宿的中文教官。

20世纪30年代中期,继东京外语团体之后,东大文学系中文学科的毕业生牵头组建起中国文学研究会,发行月刊杂志《中国文学》。该研究会中走出了诸多像小野忍、松枝茂夫、竹内好、武田泰淳、冈崎俊夫这样,在战后的大学及文学界等领域肩负起现代中国文学评论和研究的才俊。

我们再对欧美的研究史进行剖析就会发现,捷克的雅罗斯拉夫·普实克(1907—1980)教授及其门下的欧美学生们跟东京外语团体和中国文学研究会发挥着相当的作用。捷克和斯洛伐克长期受到奥匈帝国的控制，在第一次世界大战结束后的1918年取得独立，联合成立捷克斯洛伐克共和国。普实克作为东欧新生共和国的汉学家着手翻译鲁迅的短篇集《呐喊》，1936年7月寄出了请鲁迅许可翻译并执笔序文的书信。

当时居于上海的鲁迅，由于发烧、食欲不振、睡眠不足等病情恶化，几乎每天都要请须藤医生上门诊治，但对于普实克的请求，他不顾病体做出回应。鲁迅起笔表示，中国也曾是被压迫的民族，因此对于捷克的独立感到大为欢喜，但实际上两个国家又很疏远，"这并不算坏事情，现在各国的彼此念念不忘，恐怕大抵未必是为了交情太好了的缘故"。此处暗示的是日本、欧美和中国之间侵略与被侵略的紧密联系。序言的最后写道：

> 我们两国，虽然民族不同，地域相隔，交通又很少，但是可以互相了解，接近的，因为我们都曾经走过苦难的道路，现在还在走——一面寻求着光明。

《呐喊》的捷克译本在鲁迅逝世后的1937年12月由布拉格人民文化出版社出版。其后，普实克成为捷克的中国文学研究者代表，从中国传统文学主观主义的发展开创出的五四新文学的文学史观出发，对中国革命进行研究时展现出深切的同情。第二次世界大战后，普实克接纳的留学生不局限于东欧，也有来自西欧的学生。此外他还主动出国进行集中授课，在欧美圈中培育出了众多现代中国文学家。因1968年支持"布拉格之春"，在苏联军队入侵后遭到幽禁，晚年怀才不遇。普实克离世后，其学生李欧梵（1939—）尽心尽力，在美国出版了他的论文集《抒情与史诗：中国现代文学论集》(*The Lyric and the Epic: Studies of Modern Chinese Literature*, 1980)。随着20世纪80年代末到90年代初苏东剧变，斯洛伐克谋求独立的意志强化。1993年1月，捷克斯洛伐克一分为二。

斯洛伐克的移民文学论

马利安·高利克教授在斯洛伐克召开国际汉学研讨会的时间，是1993年6月。高利克教授是普实克的直系弟子，在隶属斯洛伐克科学院的东方研究部工作，尤以茅盾（1896—1981）研究蜚声国际。研讨会前高利克教授写信给我，"解体后生活水平下降等问题还请无需挂心，处于后共产主义的各国如今万事皆错综，历史错误欠下的债我们必须偿还，即便这是不幸的事情"。有一点我印象很深，信笺左上角印有地址的地方，国名这一行中的 Czecho 被白色修正液涂去，只留下 Slovakia 的字样。

斯洛伐克的首都布拉迪斯拉发是一座面临多瑙河的宁静小城，此次研讨会历时四天，有来自十五个国家的四十名参会者，会场就设在耸立于优美郊外农村山丘之上的斯莫列尼茨城中。会议的主题是"中国文学与欧洲文化"，主要围绕中欧的接纳和变化进行比较文学研究。邀请信中一段严诫欧洲中心世界观的文字读来意味深长。

当时还在加利福尼亚大学执教的李欧梵教授，以《颓废论》为题发表演讲，对20世纪30年代上海新感觉派以及邵洵美（1906—1968）的诗进行了重新评价。我演讲的题目是《〈漂泊的犹太人〉传说对鲁迅及芥川龙之介的影响》，通过比较中世纪欧洲传说接纳情况，阐明20世纪20年代鲁迅与芥川以及中日两国知识状况的差异。

在次日晚上举办的宴

于斯洛伐克国际中国文学会上（1993年）

会上,德国波鸿鲁尔大学的马丁教授发表席间讲话,谈起三十年前在布拉格时与高利克一起听普实克教授讲课的回忆。他吃惊地发现,在西欧还未将近现代中国文学当作研究对象之时,普实克的课堂上竟然已经聚齐了未来专事茅盾、郁达夫(1896—1945)、巴金等主要作家研究的人员,而他所说的茅盾专家正是高利克教授。此外,他还祝愿普实克老师播撒下的种子能够茁壮成长,期待未来斯洛伐克再次召开国际学会。可以说,从同时代鲁迅文学的研究出发,打开欧美中国文学研究大门的普实克精神,在今天的欧美研究者中得到了传承发扬。

旅居布拉格的中国诗人

会议期间,我与来自香港的研究者张钊贻博士熟络起来。当时他刚刚向澳大利亚的悉尼大学提交博士论文,在研讨会上发表了其中的一部分,就鲁迅对尼采的受容情况对世界各国的研究现状进行了总结。研讨会闭幕后,我与张钊贻乘巴士横穿斯洛伐克进入捷克境内,一起在首都布拉格停留数日。之所以有此行程,是因为研究中国思想史的艾德里安·夏教授(加拿大麦吉尔大学)在晚餐后的恳谈会上一边喝着多瑙产的白葡萄酒,一边推荐说:"卡夫卡的出生地布拉格是真正具有卡夫卡色彩的城市，不容错过呀。"而且，李欧梵教授也邀请我们同去，说是"布拉格的地下酒吧里要举办中国移民诗人的朗读会，我也受邀去演讲，请二位赏光露个脸"。缘此，我们也参加了布拉格大学中国文学系副教授举办的捷克《革命评论》杂志与《今天》杂志的交流会。《革命评论》是文学杂志，在社会主义体制下的捷克斯洛伐克长期作为地下文学活跃着；《今天》1978年末创刊于北京，1980年9月因故停刊，后由旅居国外的诗人北岛（1949—）等人复刊。

《今天》的诗人代表，也是杂志社社长万之（1952—）在白天的会议上发表说明，杂志复刊之初以旅外人员为中心，三年过后年轻留学生会员数量增多，如今杂志的性质逐渐转变为跨越地域与世代差异的中文前卫文学杂志。

晚上的朗读会在布拉格旧市区的地下酒场里举行。由于易北河的支流伏尔塔瓦河会带来泥沙，数百年来盆地城市布拉格旧市区的堤坝被不断加高。伏尔塔瓦河成为悬河后，地基又被一再抬高，建筑物加盖三层、四层的同时，一楼也逐次下潜，成了地下一层、地下二层。这个地下酒场就是留在旧市区的一家古色苍然的酒吧，用来作《今天》派的朗读场地再好不过。

李欧梵教授先用英语围绕现代中国文学史的概论发表演

讲，接着北岛小说《波动》捷克语译本的朗读持续了大约一小时。"文革"末期，中国街头挂着"我们的朋友遍天下"的大字标语，收音机里流淌出革命样板戏的声音，但农村地区却饱受干旱的煎熬，煤矿因冒顶事故停止生产，城市工厂的生产能力由于工人营养不良而下降。这部小说，由"文革"中飘零到某座小城的人们反复回味朋友及敌人、恋人或亲子之间对话的一段段独白构成。背负着罪恶和伤痛的人们谨慎地交谈，将自己和他人言语的文脉在心中慎重斟酌。《波动》是北岛从下放地回到北京的四年后写成的小说，描写了"文革"惯性运动期这一觅不得出口的时代之颓废和虚无，作品中女主人公喊出的那一句"我没有祖国"，也预示着十五年后作者自己以移民身份在欧洲流浪的命运。

朗读会的最后，北岛从当时最新的诗集《在天涯》中选取了《布拉格》等作品用中文进行朗诵。捷克特产的比尔森啤酒被冰镇到了跟井水一般凉爽的温度，酒味十分醇厚。单手握着大啤酒杯的我心中思忖，哺育出异类作家卡夫卡的布拉格，尤其是这里的地下酒吧，果然是一个与中国移民诗人相称的舞台……

此后又过了十年，2000年10月时，同为移民作家的高行健获诺贝尔文学奖，没多久北岛就结束旅居生活返回中国。

对于个中缘由，人们有多种推测，有的说是因为诺贝尔文学奖之梦的破灭，有的说是因为望乡心切。2005年5—6月在中国正统人文杂志《读书》上连载的《纽约变奏》，是这位原旅居人士对美国做出的温和批判。第一次乘坐地铁时"我差点儿被尿骚味熏晕了过去"，谈到从土耳其移民美国的出租车司机则是"他恨纽约。他咬牙切齿地说，纽约是地狱"。这些内容都属于极为刻板的美国精神批判。

于布拉格的地下酒吧（1993年）

除此之外，对于在科索沃战争期间坐出租车时遇到的塞尔维亚人司机，北岛的描写是"他两眼发直，脸上既焦虑又得意，准是有种深入敌后的感觉——直插美帝国主义心脏"。这里看起来甚至像是"9·11恐怖袭击事件"之后"看到塞尔维亚人就觉得是恐怖分子"式的人种歧视言论了。

曾经在布拉格地下酒吧吟诵"一群乡下蛾子在攻打城市/街灯，幽灵的脸/细长的腿支撑着夜空/有了幽灵，有了历史/地图上未标明的地下矿脉/是布拉格粗大的神经"的诗人面貌,从《纽约变奏》开始如啤酒泡沫般消逝散去。还是说,我以为的"自由",只是布拉格啤酒催生出的幻影呢?

三、新加坡的最佳啤酒

对新加坡南洋给予特别关注的，是时为美国哥伦比亚大学教授的现代中国文学研究者王德威。王教授也是华语圈著名的文学评论家，2002年他的《跨世纪风华：当代小说二十家》付梓。王教授在书中论述了活跃于台湾的张贵兴、黄锦树等南洋华侨华人界出身的作家，在中国大陆、中国台湾、香港地区之外将新加坡和马来西亚作为一个集合加入进来。"两岸"的概念不再是台湾海峡的东西两岸，而是南海的南北两岸，这一定义应是他的一大创见。虽然在汉学、台湾学、香港与东南亚研究的领域中，这一概念还未获得广泛认同，但就华语圈文化而言，这是一个独具魅力的奇想。

"二战"前，日本将太平洋西南部地区称作"南洋"或"南方"，战时英美联军为了对南方各地的日军展开反攻，在锡兰（今斯里兰卡）设置总司令部，称其为Southeast Asia Command，据说这是Southeast Asia一词的首次亮相。战后，

Southeast Asia 在日本被译为"东南亚"并得到普及。但中国现在仍将南海一带称作南洋，本书也因循此俗，将以新加坡为中心的东南亚华侨华人文化圈总称为南洋。

1975年的新加坡

20世纪70年代，日本处于经济飞速发展的顶峰，初次迎来真正的海外旅行热潮。在中国，"文革"这场"刹不住车的惯性运动"（郑义《在中国的地底》）仍在继续，当局喊着"我们的朋友遍天下"的口号，却执拗地将喜欢流浪的外国青年们拒之门外。于是，心怀中国的学生们抱着在贴近中国之地巡礼的愿望，徘徊在华侨、华人居住的各东南亚城市之中。我也是这些从羽田机场进进出出的年轻背包客中的一员。

1975年大学四年级那年的暑假，我在新加坡停留了一个星期。当时我还是一名中文系学生，毕业论文选择的研究对象是在20世纪初辛亥革命时期度过短暂一生的漂泊诗人苏曼殊（1884—1918）。苏曼殊的母亲是日本人，据说他因失恋而出家。据传他还曾意图谋杀保皇派头目康有为。然而，1904年他在新加坡、泰国、锡兰漂泊过后，转向了英国浪漫派诗人拜伦、雪莱作品的翻译以及文人画的绘制。前一天他还是一身洋装、胸插红玫瑰的花花公子打扮，第二天就剃了光头、穿起袈裟；因为是个爱吃甜包的甜食党，便自称"糖僧"……光是把他的这些奇行搜罗起来，就足以写出一本书来。

就是这么一个人，1909年时曾在爪哇中华学堂任英语讲师，其间有可能向南洋各地的中文报纸投过稿。为了调查辛亥革命之前的南洋中文报纸，我连续一周都在新加坡南洋大学的图书馆里查阅微缩胶卷。

当时我住的是普通旅馆，因为能从机场坐巴士直达市中心的YMCA客满了。旅馆的老板是个中国人，带我入住的是用胶合板隔断的不到十平方米的板房，里面只有一张床。那时没有制冷空调之类的设施，只在天花板上有一台静静旋转的大型风扇。隔壁住着一家印度人，他们说话我在房中听得清清楚楚。这不光是由于墙壁过薄，不知是不是为了通风，天花板下方和地板上方的隔断都留了十厘米左右的空隙，印着印地语的空袋子有时会从地板的空隙中越墙而出。在公用的洗手间里，卫生纸旁还放着装了水的瓶子。我心中感叹，看来马来人顾客中伊斯兰教徒很多，便后是要用左手清洗的。

早上我会在附近印度人摆的摊位点一份鸡蛋咖喱和印度麦饼。老板会把鸡蛋打在煎锅上，用塑料盘的边缘唰唰捣碎，把炒鸡蛋盛出之后，舀一勺咖喱浇在上面，再给一张麦饼，这就是一人份的餐食了。

我每天搭地板开洞的寒碜巴士去南洋大学图书馆，馆内顶楼有个视野很好的食堂，方便倒是方便，但没想到味道不怎么样，所以午饭我基本都是去学校食堂吃的，在那里结识的女学生们还提出要带我去附近的公园转转。晚餐大多在市中心的小摊一条街解决，没记错的话一般都是就着牡蛎炒鸡蛋喝啤酒。

那时街上还有人力三轮车，中年车夫对我说"我来用日语唱歌，记得给我小费"，接着唱起了《看那东海黎明》这首战时的流行歌曲。车夫告诉我，日本占领新加坡时他还是小学生，曾被叫到一个日语教室里学唱这首歌。谁料几天后，他穿着售票员的制服在对面开过的巴士里朝我招手。估计骑车载人是他休息日做的兼职吧。

当时的新加坡，从旅馆老板到车夫、小摊服务员，人人都能说一口漂亮的华语（北京话），反倒是新加坡大学里的精英学生们，虽能说英语却不会讲北京话，因为在家里跟家人交谈时用的都是福建、广东、潮州等方言。这就是我1975年的新加坡体验。

"新加坡"这个名字，由代表"狮城"的梵语 Singapura 转音而来，岛上自古便开设贸易港。1819年不列颠东印度公司的莱佛士来此建设殖民地，此后新加坡成为英国统治马来半岛的据点，作为国际贸易港口发展起来。英国在1896年领有马来并设立马来联邦。众多移民从欧洲、印度、马来以及中国前往新加坡，构成了新加坡居民人口的大多数，此外这里还成为华侨移居东南亚的中转基地。太平洋战争爆发两个月后，英国军队向日军投降，但华侨义勇军一直抗战到最后，因此日军占领新加坡后杀害了许多华侨。

对于战后卷土重来的英国殖民统治，共产党通过游击战予以抵抗，与此同时新加坡还实施了独立过渡措施。1959年，新加坡成为自治国家，1963年完全独立后加入马来西亚联邦，1965年被迫脱离联邦成为独立国家。新加坡面积约720平方千米，现有人口561万左右，相较之下东京都的面积为2187平方千米，人口1375万。

2002年的现代中国文学国际学会

2002年4月，我应邀参加亚洲现代中国文学国际学会的创立大会，时隔27年再次踏上新加坡的土地。1999年12月，东大文学系曾召开"东亚鲁迅受容"研讨会，该国际学会正是以此为契机创设的。当时在东大召开的研讨会，目的是邀请亚洲、大洋洲的研究者们齐聚一堂，对近代东亚共有的鲁迅体验进行比较研究。研讨会请到日本以北来自韩国、中国的台湾地区及香港、新加坡、澳大利亚的约25名研究者,此外还有众多日本人和在日中国研究人员也参加了会议。与会者在会上再度确认了东亚的多样性和共同性,并一致认为东亚的现代中国文学研究者不仅要与中国的学界进行横向交流,还需加深东亚自身的国际沟通。

因而有必要在各国、各地的研究者中选出"联络员",商讨创立国际学会的有关事宜。新加坡大学中文系的王润华教授毛遂自荐,于是第一次创立大会的会址便定在了处于东亚和大洋洲之间的新加坡。不过,学会正式发足之际,摘掉了名称中的"东"字,只取"亚洲"二字。新加坡当时总人口约400万(2000年人口普查),其中华人系76.8%、马来系13.9%、印度系7.9%、其他人口1.4%,印度系人口也有30万之多。而学会名称的改动,或许与该国这一特殊国情有关。

第一次亚洲现代中国文学国际学会,约有15名来自日本、韩国、中国台湾地区及香港、马来西亚、澳大利亚的学者以及七八名应邀从中国大陆前来的研究人员与举办地新加坡的20名研究者共襄盛举。新加坡的风貌与30年前相比清爽时尚不少,还有了舒适的巴士。并且,1987年起开通的地铁此时已网罗全城,机场与市中心也以地铁直接相连。

招待会上不喝酒干唱歌

终于要来谈一谈新加坡的酒文化了。国际学会首日晚上,在五星级文华大酒店里举办了招待会。对一般朴素的中国文学学会而言,用如此高级的会场举办宴会很是少见,承蒙当地企业家好意捐赠经费,才有了这样的破格待遇。从大学前往酒店之前,广播里提醒大家进酒店前需打好领带。可香港诗人也斯当天是一贯的开襟衬衫打扮,还是新加坡大学中文系的吴耀宗副教授慌忙去自己的研究室取来的备用领带。

在这种稍显紧张的气氛中我们走进了大宴会厅,招待会采用的不是立餐形式,大家只得在十人的圆桌边落了座。接着我便在服务员端来的盘中寻找香槟,但上面只有可乐和果汁。见我问有没有葡萄酒、兑水威士忌,再不济啤酒也行,她直摇头,顿觉一天的辛劳泛上心头。尽管如此,当地的教授们仍旧忙不迭地招呼大家唱卡拉 OK,说着说着自己就在前方的大舞台上放开了歌喉。新加坡的学者在五星级酒店办招待会居然滴酒不沾就大唱卡拉 OK!幸而邻座的加百列先生看出了我的震惊,请服务员特事特办送上了啤酒。

学会结束后我看了新加坡电影《小孩不笨》,主人公是三个成绩不好的小学六年级学生,影片满屏透着讽刺与幽默。印象里影片中新加坡特产猪肉干制造公司的老板举办烤肉派对的场景里也没有啤酒。

好在后来去老巴刹以及唐人街麦士威食物中心的美食广场吃午饭和晚饭的时候,都能喝到当地的大瓶虎牌啤酒。在热带地区的露天餐桌上,吃着新加坡著名的海南鸡饭,再配上冰镇啤酒,那叫一个爽。2000年新加坡又出了一部电影杰作,是现代新加坡版的《罗密欧与朱丽叶》,片名叫作《鸡缘巧合》。

此外,在海边观光客人头攒动的驳船码头露天餐厅中,还能点到价格不错的法国葡萄酒。拥有东方主义建筑的莱佛士酒店里,有一个叫作 Writers' Bar 的地方,是过去大英帝国主义大行其道之时,吉卜林和毛姆等联合王国知名作家常光顾的地方。我在这里尝到了著名的粉色鸡尾酒——新加坡司令。不知为何,我们去的那天酒吧里人影寥寥,冷清得很。

待在新加坡的最后一天,我去唐人街和小印度走了走。20世纪20年代到30年代之间建起的大大小小、形形色色的建筑令人百看不厌。参拜过印度教的马里安曼兴都庙之后,我走进寺院南侧印度人经营的茶餐厅。天花板上跟过去一样有风扇转动着,中庭里没嵌玻璃的大窗宛如一个取景框。透过窗户眺望拱廊下来往的印度男女老少,活脱脱王家卫电影里的场景。要是问我新加坡最好喝的啤酒是什么,我定会回答,当然是在小印度喝的虎牌啤酒。

唐人街麦士威食物中心美食广场上的晚餐店。酒是大瓶的虎牌啤酒(2006年)

于莱佛士酒店的 Writers' Bar。面前的是鸡尾酒新加坡司令 (2009年)

四、在首尔新兴中国城喝东北白酒

L 教授的吻，首尔的年轻中国文学

第一次去首尔，是 1997 年的 12 月。韩国的中国现代文学学会在成均馆大学举办国际研讨会，我受邀发表演讲，题目是《鲁迅〈故乡〉的阅读史与中华民国公共圈的成熟》。当时的韩国学会年轻而满腔热情，给我留下了深刻的印象。学会闭幕当天的宴会结束后，好些教授和研究生一直留到了第二、第三波续摊，大家吃着烤肉喝着酒，从鲁迅谈到张爱玲、莫言，有关文学的热聊一直持续至深夜。

而且，让好酒之人放心的是，在韩国即便醉酒也不是特别失礼的事情。比方说，换到第三家店续摊时，跟我年纪相仿的男性教授边说着"欢迎欢迎"，边搂住我的肩膀朝我脸颊上亲了一下。见此情状，之前起哄的研究生解释说："您别误会，这是 L 老师的习惯，跟客人意气相投的时候就会亲他。"

醉眼蒙眬之下我的记忆有些模糊，不过当时我应该也冲 L 教授的脸颊上还了一吻。这样的酒宴，日本学会上怕是根本见不到的。况且在中国大陆和台湾，大学教授醉酒可是要不得的事情。那种毫无醉意的酒宴，的确令人有些寂然。而日本对于醉鬼的态度，可能又过于宽容了，像首尔的教授和研究生这样的欢醉岂不快哉？

当时还是首尔大学讲师的任明信，2001 年在东大中文系提交了博士论文，题目为《韩国近代精神史中的鲁迅——〈阿Q正传〉在韩国的受容》。根据任明信的研究，朝鲜半岛在战前受日本殖民地统治时对中国的同时代文学十分关注，文学评论和韩文译介热火朝天，形成了"阅读鲁迅的传统"，但并未诞生以大学为基础的研究团体。"战争结束后，殖民地解放的同时'冷战'也开始了，殖民时期以来阅读鲁迅文学的传统，在朝鲜半岛的南半部分几乎完全中断。而朝鲜主要进行的是政治性解读，对鲁迅的理解也难免出现一定的偏向。""韩国人阅读鲁迅的传统"一时间只能依靠在日韩国人传承下去。

然而，20 世纪 80 年代迎来民主运动的时代之后，青年学生对现代文学的关切之情顿时汹涌澎湃。据同学会前会长、首尔大学名誉教授金时俊回忆，首尔大学中文系在 1982 年开设现代文学课程是出于下述原因：

当时中国（对韩国来说）是敌对国家，在大学讲授敌国的现代文学被认为是非常冒险的事情。那时大学中的反政府运动尤其火热，文学界流行民众文学，毛泽东的文学思想在文学界得到渗透，学生中热衷于阅读中国出版的文学类书籍的人也不少。这些学生里积极参加反政府运动的革新派众多，特别是被捕时随身携带"危险文书"的，因犯了"危险文书持有罪"会受到重罚。因"危险文书持有者"罪名被捕的学生令中国文学系屡屡陷入窘境。（2001年6月在东京大学的演讲）

是以首尔大学中文系痛下决心，正式开设现代文学课程，作为这门课的负责人，金教授自己也开始拼命阅读中国的"危险书籍"。据说学生被拘留时他会赶去警察局说明"所携书籍为研究所用"，自己做保证人请警方释放学生。此外，投身民主运动的学生们容易将他国文学直接当作韩国文学的范本加以学习。对于这一情况，金教授还告诉学生，对外国文学应当冷静分析和解读。

金教授的专业是古典文学，1961年他在台湾大学研究生院留学时，中文系的主任是台静农教授（1902—1990）。台静农另一个广为人知的身份是小说家，就读北京大学期间曾受鲁迅指导，是1925年创设的文学团体未名社成员。金教授也表示，自己之所以会"在韩国最早从事中国现代文学教育"，也是因为与台教授之间的这段奇妙缘分。不过，金教授留学台湾期间，当地仍处于国民党的独裁政治之下，据说即便他就20世纪二三十年代的中国文学进行提问，台静农也是缄口不言的。

以金时俊教授为中心的首尔大学中文系在80年代做出的英明决定，可以说孕育出了韩国的现代中国文学研究果实。实际上，金教授退休后，还有很多与我同代的教授支撑着学会，他们各自在首尔、高丽、延世、韩国外语等名牌大学任教，很多都参加过学生运动，很多也都有过被金教授从警察局领回来的经历。1992年韩国与中国建交后，大量韩国企业进军中国市场，乘着这股中国热潮，近十几年来所谓的SKY大学（首尔、高丽、延世）等高校的中文系在人文学院中成为超人气学科，毕业生在三星财阀等大型企业炙手可热。与20世纪80年代的情况相比竟恍如隔世。

消失的中国城

后来，我每隔三到四年都会去首尔，逐渐走惯韩国街巷以后，形成了一种奇特的印象。一直到21世纪初为止，首尔全城都见不到一个汉字。20世纪70年代初我还是学生的时候，作为背包客去过西贡（今胡志明）、曼谷等东南亚城市，这些地方自不必说，但凡是像纽约、巴黎这样规模大一点的城市，必然会有唐人街或中国城，但首尔这个地方却没有。川村凑在《首尔都市物语》中对位于堪称"首尔脸面"的繁华明洞大街一角、曾经兴旺过的华侨街介绍如下。

> 最初，1886年清朝的袁世凯进驻首尔，在大使馆所在之处设立清朝理事府，后来这里又成为中国（清政府、中华民国）的公使馆、领事馆、总领事馆，与台湾断交后变成现在的中华人民共和国大使馆。虽然建筑非相关人员禁止入内，但其中国式的青瓦门头，的确营造出了一种中国城的氛围。附近有出售中国书籍的中华书局及亚进书林、中国点心店稻香村，有中国餐馆国宾饭店、开花、圆山饭店、中国馆以及专卖川菜的拾紫诚等店铺，此外还有中医医院和旅行社。据说这附近住着上千名华侨。

于是乎，2004年的秋天，我也鼓足干劲去明洞探索了一番，发现这里至今还有华侨小学，学校旁边的建筑中有一栋是发行《韩中日报》的中文报社。我来到报社办公室，用中文表示想购买近三天的报纸，对方回说是免费发放的，不需要付费。午饭在附近餐厅吃石锅拌饭时我立刻掏出报纸，这是一份1953年创刊、一期共四页的繁体字报纸。可能是民国时期作为在韩华侨政策的一环刊行的报纸，其内容主要是对韩国、中国、美国等国家的国际新闻进行转载，几乎看不到独立采访的当地新闻。第四面是副刊，上面有作者不详的"文学小说爱情冲冲"的连载，还有香港影星的八卦等。不过，让我吃惊的是左上角居然是金庸《书剑恩仇录》第四四六回之后内容的连载。这是金庸创作的第一部武侠小说，发表于1955年。万万没想到明洞旧中国城的时间还停留在50年之前。

此前韩国出版的《没有中国城的国家》（梁必承、李正熙共著，三星经济研究所）引发热议。可惜我不识韩语，只能通过中文报上的书评推知其内容。据书中记载，韩国的华侨历史可上溯到1882年的壬午军乱。这一年，因首尔发生哗变，中日两国进行武力干涉，清朝军队驻留首尔，与清军同来的主要是山东省的商人。由此，上万华侨在仁川港的中国城中定居，20

首尔新中国城加里峰的夜晚（2004年）

255

世纪 20 年代掌握了足以威胁朝鲜半岛经济的实力。后来，殖民地体制下的朝鲜总督府推进华侨抑制政策，战后韩国政府也对华侨的企业活动加以限制，致使中国城在 70 年代消亡。面对这样的过去，该书主张必须摸索出一条让华侨经济成为韩国经济发展驱动力的共存之路。实际上，仁川中国城如今确实作为观光景点得到了复兴重建。

朝鲜族构建起的新中国城

最近在首尔市西南部的加里峰，诞生了一条由新移民构建起的新"中国街"。这回并非出自山东省华侨之手，而是中国东北朝鲜族的手笔。根据在日本刊行的《东北亚朝鲜民族多角度研究》（unité，2004）中孙春日的《中国朝鲜族国籍问题的历史进程》等论文，朝鲜人移居中国东北是"从明末清初开始的，大规模的移居发生在 19 世纪六七十年代，从光绪七年（1881）开始他们成为中国的朝鲜族，1950 年初这一过程完成"。

中国的朝鲜族在 1992 年时约有 192 万人，2001 年减少至 189 万，主要原因是大量人口向韩国流出，据称 2002 年在韩国非法滞留的朝鲜族劳动者超过 10 万人。在韩国铁道京釜线和地铁七号线交汇处的加里峰，形成了面向朝鲜族的市场兼东北餐厅街，销售生鲜食品、杂货以及包括二锅头在内的中国酒等日用品。

杂货店里出售简体中文报纸《华光报》，一份售价1000韩元。这是一期十二页的周报，上面有我在前文介绍过的《没有中国城的国家》一书的书评，以及《旅韩六十年见闻录》这样的韩国华侨史故事连载，读来令人兴味盎然，我一次性购入了五六期。其中一篇评论的题目是《石‒‒进在北京》（2004年10月8日，第一四六期），文中对许多朝鲜族流入韩国并取得韩国国籍的现象感到担忧，韩国经济的优势地位不知能延续到几时，而21世纪是属于中国的时代，作者呼吁大家回归东北，为朝鲜族的发展贡献力量。事实上，东北的延边朝鲜族自治州因人口流失正面临危机，另一方面韩国则出现了失业率上升等社会问题。

加里峰简体字、繁体字泛滥，让身在首尔的我不由怀疑起自己的眼睛。其中特别显眼的是羊肉的招牌。跟日本一样，朝鲜半岛本身没有吃羊肉的习惯，但移民东北的朝鲜族吸收了中国北方的羊肉文化并将其带到加里峰，所以在这里能看到连片的羊肉餐厅。

我也走进了其中一家。听任向导说，我们前面的五六位男女，说的是带中国东北口音的韩语，不过身材娇小的年轻女服务员跟我们说话用的是标准北京话。带着肥油的羊肉被切成小块串在铁签上，用木炭炙烤后再享用。我们先喝了青岛啤酒润润喉，接着叫来了三十八度的白酒"老朝阳"。这是吉林省龙井市朝阳川镇上朝阳酒业的产品，根据任向导的解说，朝阳也是朝鲜族聚居的地区。一瓶450毫升的酒标价7000韩元（630日元），恐怕是中国售价的近十倍。不过，这里午餐吃一份石锅拌饭也要5000韩元，如此看来，酒在首尔算是平价了。

首尔11月的夜晚，已经凉到东京人需要披件大衣的程度。在加里峰的新中国城吃着羊肉串、喝着中国东北的白酒，我跟任向导以及与他同来的朋友小河谈道，如今的东亚，虽时有龃龉但也在逐渐相互融合，切望今后中日韩三国文化的比较研究，能够在文学、电影、电视剧等多重领域绽放出更加勃发的生机。

后记

十七年前,我曾在《NHK广播中文讲座》教材的卷末读物栏上连载过有关近代中日人物交流的文章,题目叫作《去过中国的日本人》,用纪实的形式记录了从幕末的高杉晋作到现代的大江健三郎等人物的访华经历。连载期间,我常常会跟编辑们在傍晚碰面,会议结束后就到中意的中国餐馆喝着绍兴酒,兴之所至谈些有关中国酒以及华语圈宴席的往事。年轻的编辑们听罢又向我约稿:"这些故事很有趣,不如以'酒香中的现当代中国'为题再做一个连载?"

我婉言拒绝说:"中文讲座的听众里还有初高中生,在教育节目的教材里写些醉意绵绵的戏言,可是要被批评有欠谨慎的哟。""就当给少男少女们介绍长大成人之后的乐趣。雪藏起来实在太可惜了。"编辑们再三劝说,我也就一咬牙接受了继续连载的邀请。

《酒香中的现当代中国》连载期间,收到了许多读者兴味无穷的反馈。坂本跟在美朋友们去曼哈顿唐人街吃中餐时，就我在"纽约唐人街的绍兴酒"中总结的"中国菜的东回法则"进行了一番讨论，有的觉得"确实如此"，有的则认为"没这回事儿"。读了以香港为舞台拍摄的《苏丝黄的世界》这部好莱坞电影的介绍之后，寺井来信表示，20世纪60年代之初，瑞士滑雪学校的教练给她起了个绰号叫苏丝，但一起学滑雪的法国夫妇教练，取这个名字是对别人的严重侮辱。我在文中大呼守住中国的白酒文化，又提出通过在北京地方酒二锅头中兑热水的喝法来扩大消费，堀先生对此大为赞成。二锅头为五十六度，于是堀先生的朋友就给它取了个"五十六"的爱称。他还说出了发生在自己身上的一件逸事，入住北京酒店时他想用热水兑二锅头喝，就问服务员要了"开水"，可服务员不懂他的喝法，竟端来一盆用来温酒的热水。

《去过中国的日本人》后来作为单行本出版，书名是《中国见闻150年》（NHK生活人新书，2003），现在仍能买到电子版。但《酒香中的现当代中国》由于诸般原因，十五年过去了也未能出版单行本。我自己也一头扎进华语圈文学、电影研究教育的本职工作之中，忙碌间淡忘了此事。去年年末，我迎来退休之日——爱喝中国酒的心性却不减半分。

即将跟工作三十年的东京大学文学系告别的几天前，我

后记

在撤走个人物品后异常空荡的藤井研究室中接待了这里的最后一位访客——I编辑。I编辑是我在广播讲座教材上连载时的负责人,后来去北京的杂志社工作,去年开始成为东方书店的编辑。

> 您连载结束的时候是2005年3月,现在十多年又过去了,想必您又有了各种与中国酒的新际会……而且从北京奥运会开始,北京的市貌、宴会上喝的酒饮,以及电影和电视中出现的饮酒场面也大有变化……

I编辑热心地劝我对原来的文稿修改润色后出版单行本,听着这席话,我也感到若能把自己的真实体验与小说、电影作品相互对照,同时谈一谈"公宴""私宴"的变迁,也许可以从酒文化的向度勾勒出别样的中国改革开放四十年史。而且退休之后,或许就有精力回忆我人生路途上的中国酒风景了……就在这时,I编辑拿出了一瓶金门高粱,"这是给您的小小燃料"——见此台湾名酒,我也就下定决心出版单行本了。

刚退休的两个月里,我一直忙于整理工作期间留下的事务,正式删改文稿是从六月初在南京大学文学院就任特聘教授后开始的。

南大为我准备的房间，跟安静的大学校园隔开了一些距离，在平仓巷西边的一座旧公寓里，是一间掩在梧桐树荫之下三面开窗的顶头房。处在这巷中公寓的一室之中，我既不去电影院也不上咖啡馆，近旁幼儿园中稚子们活泼的童音让我甘之如饴，而那些把小巷当作旁路开进开出的汽车和摩托奏响的喇叭魔音又让我无可奈何。修改旧稿、撰写新稿的日子就这样一天天过去。入夜之后，仰望异国明月，我喝起W教授赠送的南京名酒"梦之蓝"，四十年来亲眼所见的大小宴会风景以及小说、电影中饮酒的场面，又一次如走马灯般在我眼前转动起来。

I编辑给我布置了一项作业，在"后记"中不光要回顾中国酒的四十年历史，还要预言今后十年、二十年的变化。对于将来的变化，我曾做过一些愉快的畅想，比如庆山（曾用名安妮宝贝，1974— ）这位浙江省宁波出身的"70后"女作家，或许会写一写绍兴酒，还是那种不用着色"焦糖"等添加剂的纯米凉酒，并就此掀起绍兴酒的热潮；又或者与郭敬明一样身兼电影导演的"80后"作家韩寒（1982— ）会提倡用白酒调制鸡尾酒……

话虽如此，四十年前没有谁预见到了如今的中国，也没有人能对日中美三国关系的变化做出预言。如此看来，要对华语圈社会中酒的未来风景作预测就难乎其难了。因而当务之急还是得每日劳肝伤脏，体味中国酒的逐渐成熟。

不过，遵循"早睡早起"之道，五点左右起床准备简单的早饭时，我会听一听当地的广播，里面的中医谈论健康问题时告诫听众摄取主食、蔬菜跟肉类的比例应当参照臼齿等与犬齿7∶1的比率……对于充斥街头巷尾的健康信息，我几乎已经绝缘，但作为华语圈的文学研究者，中医说的话还是要认真倾听的。这位中医接着说了以下这番话——酒类热量高，偶尔饮酒且不去说，最忌晚上喝酒。非要喝的话，可以在白天少量饮用。

就中医不容置疑的态度来看，一天一两白酒（50毫升）、一周两天"休肝日"——即便这样的标准我都已经很难达到了——是断然不予应允的。别说是白酒文化的危机了，我自己的晚酌也岌岌可危。维持健康和文化研究之间的矛盾究竟该何去何从……不管怎样，我能做的估计就是保持早起的习惯，并且洗耳恭听广播里"中医"的高见吧。

2018年6月28日 于南京平仓巷南大宿舍

藤井省三

Rojin to shoukoushu: osake de yomitoku gendal chuugoku bunkashi
Original Japanese edition Published by Tohoshoten Co., Ltd., Tokyo.
Chinese translation rights in simplified characters arranged with Tohoshoten Co., Ltd., Tokyo.
Simplified Chinese edition copyright: 2022 New Star Press Co., Ltd.
All rights reserved.
著作权合同登记号：01-2021-1098

图书在版编目（CIP）数据

鲁迅与酒文化：酒香中的现当代中国 ／（日）藤井省三著；林敏洁，陈道竞译．—— 北京：新星出版社，2022.10
ISBN 978-7-5133-5030-3

Ⅰ．①鲁… Ⅱ．①藤… ②林… ③陈… Ⅲ．①散文集-日本-现代 Ⅳ．① I313.65

中国版本图书馆 CIP 数据核字（2021）第 158901 号

鲁迅与酒文化：酒香中的现当代中国

[日]藤井省三 著；林敏洁 陈道竞 译

责任编辑：白华召
责任校对：刘　义
责任印制：李珊珊
装帧设计：冷暖儿

出版发行：	新星出版社
出 版 人：	马汝军
社　　址：	北京市西城区车公庄大街丙3号楼　　100044
网　　址：	www.newstarpress.com
电　　话：	010-88310888
传　　真：	010-65270449
法律顾问：	北京市岳成律师事务所

读者服务：010-88310811　　service@newstarpress.com
邮购地址：北京市西城区车公庄大街丙3号楼　　100044

印　　刷：	北京美图印务有限公司
开　　本：	787mm×1092mm　　1/32
印　　张：	8.75
字　　数：	146千字
版　　次：	2022年10月第一版　　2022年10月第一次印刷
书　　号：	ISBN 978-7-5133-5030-3
定　　价：	58.00元

版权专有，侵权必究；如有质量问题，请与印刷厂联系调换。